꿈꾸는 자가 창조한다

꿈꾸는 자가 창조한다

산문 박경리

다산
책방

작가의 말

이 책에 수록된 것은 원주에 내려온 후에 쓰여진 글들이다. 파도를 타듯 굽이굽이 넘어와야 했던 삶의 역정에서 심정적으로는 어쩌면 가장 힘들었고 처참했던 시기였다. 철저하게 혼자 서야 했던 그 당시 내 존재는 원시림에 내동댕이쳐진 한 마리 작은 짐승 같았고 원주는 낯설고 황막한 벌판이었다. 뜰에 서면 시야를 가득 메우는 치악산의 능선과 남쪽으로는 백운산이 시계를 가로막았다. 나는 자연에 귀의할 수밖에 없었다.

지금도 잊혀지지 않지만 이사한 초기 무렵, 그때만 해도 살림이 서툴렀고 사소한 일조차 힘에 겨워서 가슴이 뛰곤 했는데 온 지상이 눈에 덮여 있던 한겨울, 우물의 모터가 털컥 멎어버린 것이다. 집 안에는 식수 한 방울이 없었다. 우물가에 가서 펌프질을 하여 겨우 물 한 '바께쓰'를 길어 오는데 그만

꿈꾸는 자가 창조한다

눈밭에 미끄러지고 말았다. 물은 다 쏟아지고 나는 미끄러진 자리에 퍼질러 앉은 채 소리를 내어 울었다. 허허로운 벌판에 사람이라곤, 사람의 흔적조차 찾을 수 없었지만, 그러나 자연의 뭇 영신들은 내 어리광스런 울음의 소리를 들어주었다.

햇수로 13년인지 14년인지, 그동안 아주 가끔 가는 곳이 우체국, 시장, 세무서, 은행, 동회였다. 누가 뭐라 하는 것도 아니었건만 왜 그렇게 짙은 소외감을 느꼈는지, 상처를 받았는지 알 수가 없다. 내가 원주를 사랑한다는 것은 산천을 사랑한다는 얘기다. 원래의 대지, 본질적인 땅이라는 뜻으로 해석되는 '원주(原州)', 이름 그 자체를 나는 사랑했는지 모른다. 사람들은 얼마나 멀리 그 대지의 모성으로부터 떠나 있는가.

지금 모든 것이 내게는 정답다. 13년의 세월을 함께 살아온 풀잎 하나, 조약돌 하나, 그 모든 것이 다 정답다. 철 따라 찾아오는 이름 모를 철새들, 까치·꾀꼬리의 무리, 조각같이 신묘한 흰 날개를 펴고 내 머리 위로 날아가던 백로, 잣이 영글 무렵이면 나무를 타고 오르내리던 청설모, 그 정다운 것들이 요즘에는 차츰 없어져가고 있다. 꾀꼬리가 찾아오지 않게 된 것도 작년부터인가. 닭이 부화한 열 마리의 꿩도 생각난다. 모이를 주려고 닭장에 들어갈 때마다 숨을 곳을 찾아 난리법석을 떨던, 무정하지만 애처로웠던 그것들, 잘 커주었지만 어느 날 닭장 문을 열어 놓은 실수 때문에 모두 탈출하고 말았다. 그러나 멀리는 떠나지 못했던 모양이었다. 울타리 가까운 숲속에서 그들은 살았다. 한밤중에 그곳에서 개가 짖고 소란스러우면 고양이들 행패가 아닌가 싶어 전지를 켜 들고 나가보곤 했다. 공기총을 들고 그곳에 사내가 나타나면 나는 악을 쓰기도 했다. 요즘에도 어쩌다 그곳에서 꿩 우는 소리를 듣는데 그럴 때면 말할 수 없이 반갑다. 제발 살아남아라.

꿩 얘기를 하다 보니 또 생각나는 것이 있다. 한때 내 친구였던 매, 풀을 매는 내 곁에 개구리를 물고 와서 먹던 매는 내가 주는 고기를 곧잘 받아먹었으며 나를 졸졸 따라다녔다. 어느 날, 아이 둘이 개구리 한 마리를 들고 와서 달래어 매를 데려간 후 다시는 나타나지 않았다.

하찮은 내 정성에 비하면 어질고 순수한 그 생명들, 그것들을 있게 한 질서의 은혜야말로 실로 무량하다. 13년간 겪었고 느꼈던 감동을 어찌 이 몇 개 조박글에 다 실었다 할 수 있으리. 동해의 모래알 한 개에도 미치지 못하고 풀잎에 맺힌 한 방울 이슬만도 못한 것을. 당신 서문에는 어찌 사람에 관한 것이 없는가, 혹 그렇게 말할 분이 있을지도 모른다. 사실 나는 사람이 끔찍스럽다. 인간들이 조성한 약육강식의 세상이 끔찍스럽다. 개발의 소음 속에서 숨을 죽이며 떨고 있는 숲의 나무들처럼, 바로 그런 끔찍스러운 것을 끔찍스럽다고 느끼는 사람들이야말로 내 동기간이며 나는 그들을 가슴 뜨겁게 사랑한다. 그리고 그런 사람들이 세상에는 훨씬, 훨씬 더 많

꿈꾸는 자가 창조한다

다는 것을 알고 있으며 그래서 나는 글을 쓰고 희망을 버리지
않는지도 모른다.

1993. 12. 1. 새벽

박경리(朴景利)

차
례

1. 환상의 새

작년 여름, 그 새를 본 것은 세 번이었다. 금년에는 아마 그 새를 보지 못할 것이다.

처음 이사를 했을 때 쓰레기장이 되어 있던 곳이 이 집에서는 제일 아늑한 장소임을 깨달은 나는 나지막한 축대를 쌓고 잔디를 심었다.

둥그스름한 비탈은 계단식으로 돌을 쌓아서, 잔디밭은 마치 야외무대처럼 해서 장작불 피워놓고 탈춤을 추었으면 좋겠다고들 하였다. 인가하고도 먼 곳이어서 나는 곧잘 커피잔을 들고나와 책을 읽기도 하고 멍하니 앉아 있기도 했는데, 바로 옆에 흙과 자갈에 묻혀 있는 것이 거대한 바위인 것을 발견했다. 흙을 걷어내었다. 바위 밑동도 파 내려서 바위의 본모습을 드러나게 했더니 비가 오면 물이 흘러내려 바위 밑동 웅덩이에 괴는 것이었다.

날이 쾌청해지면 흙탕물은 맑아져서 허리를 적시는 바위의 풍치도 볼만하거니와 개구리며 올챙이, 여러 가지 물에 사는 것들이 그곳에 거처를 정하여 손자들을 즐겁게 해주었다. 그리고 이웃에서 얻은 연꽃을 심었더니 여름 내내 꽃이 피었다.

하루 중에 가장 좋은 때는 해 뜨기 전 사방이 옥색 빛깔로 열려가는 무렵이 아닌가 싶다. 시골 아침은 더욱 그렇고 나무가 많은 곳일수록 폐부에 스며드는 찬 공기는 생명수같이 싱그럽다. 여름 한 철 이슬을 밟고 아침이면 먼저 찾아가는 곳은 물 괸 웅덩이였다. 오늘도 연꽃이 피었을까 하고. 그곳에서 나는 그 새를 세 번 보았다. 모양은 물오리 같았지만 훨씬 작았고 몸매도 가늘었다.

회색과 청색이던지, 적색이던지, 그런 빛깔이 깃털 속에 있었던 것 같기도 했다. 무심결에 다가갔다가 꿈결처럼 날아가는 새, 뇌리에 남은 형체나 빛깔은 사실 명료하지가 않다. 환상의 새…….

날이 가물면 물이 빠져버리는 웅덩이에 연꽃이 피어 있다는 것은 늘 불안하였다. 물을 대주기는 하지만 겨울이면 얼어 죽을 것이란 근심에서 제대로 된 연못을 만들리라, 그러나 생각뿐 공사를 어떻게 해야 할지 엄두를 내지 못한 채 겨울이 왔고 연꽃도 단념을 해버렸다. 날이 풀리자 아이들의 물놀이터를 만든 뒤 바위 밑의 웅덩이를 파보았다. 놀랍게도 연에는

　　　　　　　　　　꿈꾸는 자가 창조한다

빨간 속잎이 돋아나고 있었다.

살아 있었구나! 아무튼 금년에는 물이 빠지지 않는 연못을 만들어야겠다, 생각하고 연꽃을 파서 큰 돌절구에 옮겨놓고 물을 주는데, 연꽃이 다시 그 웅덩이로 돌아가지 않는 한 그 새는 볼 수 없으리란 생각이 든다. 새는 연꽃을 찾아왔는지, 아니면 웅덩이 속의 물벌레를 먹으려고 왔는지 그것은 알 수 없지만.

환상의 새, 또 하나의 환상의 새가 있다. 십여 년 전 정릉집 뒷산에서 데려왔던 꾀꼬리의 새끼다.

그 신기한 체험을 『토지』에도 썼지만 태풍이 지나간 뒤의 일이었다. 나는 그 소리가 환청인 것만 같았다. 일정한 곳에서 쉴 새 없이 들려오는 소리는 마음을 찢는 것만 같았다. 비가 내리는데 우산을 받쳐 들고 딸애랑 함께 소리를 따라 뒷산으로 올라가 보았다. 나뭇가지에 흡사 넝마와도 같은 꾀꼬리의 새끼 한 마리가 울고 있었다. 우리가 가까이 갔을 때 그는 깃털을 세우며 사나운 몸짓을 했다.

그러나 아직 날지 못하고 기진한 새는 쉽게 잡혔다. 집으로 내려온 우리는 상자를 마련하여 횃대를 만들어 새를 올려주었다. 처음에는 좁쌀도 깨도 입을 굳게 다문 채 거부했다. 그러나 어느 서슬엔가 먹이는 입속으로 들어갔고 굶주렸던 새는 미친 듯 모이를 받아먹기 시작했다. 비가 개고 해가 난 오후 기성을 지르며 어미 새가 뒷산에 나타났다.

꾀꼬리는 호호호 하고 아름다운 목소리를 내며 울지만 때론 왜가리처럼, 비행기 프로펠러 돌아가는 듯 괴성을 지를 때도 있다. 우리는 새끼를 안고 나갔다. 본시 있던 나뭇가지에 새끼를 올려놓고 우리는 숨어서 그것을 지켜보았다. 지렁이 한 마리를 물고 온 꾀꼬리는 주변을 선회할 뿐 결국 새끼를 둔 채 사라지고 말았다. 새끼는 마음을 찢는 듯한 그 울음을 계속하였다.

하는 수 없이 우리가 다가갔을 때 새끼는 내 손등으로 옮겨 앉았으며, 분명 그것은 환희라 할 수밖에 없는 몸짓, 울음소리였다. 그 나뭇가지는 새끼 새에게 있어서 지옥이었을 것이다. 우리는 잔디밭에 앉아서 새를 내려주었다. 그러나 새는 나를 놓치기라도 할 것 같이 무릎에 올라앉는 것이었다. 내려주면 올라오고, 내려주면 올라오고.

우리는 새에게 지렁이를 잡아먹이고 밤이면 촛불을 켜 들고 풀숲을 헤쳐 여치도 잡아다 먹였다. 넝마 같기만 했던 새는 하루가 다르게 윤이 났고 깃털의 빛깔도 선명해졌다. 밖에 나갔다 오면 횃대 위에서 이리저리 뛰며 기뻐 어쩔 줄 모르던 새. 언어의 가소로움을 나는 그때 느꼈다. 전신으로 표현하는 기쁨, 그것은 가장 깊은 사랑의 표현이었다.

밤에 원고를 쓸 때는 새가 있는 상자에 보자기를 덮어주었다. 밤은 소리 없이 흘러가고 생각이 떠오르지 않으면 나는 "나리야" 하고 불러본다. "삐욱!" 반드시 새는 대답을 하였다. "나리야", "삐욱!" 결국 나리는 다 크지 못하고 죽었다. 새는 생각하는 것보다 많이 먹는다는 말을 믿고 과식을 시켰던

꿈꾸는 자가 창조한다

것이 잘못된 것이었다. 기운이 없어 보이던 새는 아침에 자고 일어나니 횃대에서 떨어져 죽어 있었다. 가뿐하였던 몸무게, 노란빛이 아지랑이만 같았던 형체, 그 후 나는 오랫동안 방 안에서 우는 구둘배미 소리에 놀라 일어나곤 했었다. 꿈결에 나리 목소리만 같았기 때문이다.

언젠가 버스를 타고 시골길을 갔을 때다. 밭둑을 뛰어가는 노루 새끼를 보았다. 나는 회초리로 후려갈겨주고 싶은 안타까움을 느꼈다. 이놈아! 빨리 달아나라! 노루 새끼는 차창에서 사라졌지만 그 철없던 생명은 오랫동안 내게 아픔을 주었다.

생명은 아픔이요, 생명은 사랑이다. 아픔과 사랑이 사라져가는 세상, 나는 인간에 대하여 혐오를 느낄 때가 많다. 아픔과 사랑이 없을 때 생명은 존재할 수 없고 따라서 생존(生存)도 확약(確約)할 수 없는 것 아닐까. 거대한 기계문명(機械文明), 그것으로 인한 발전과 더불어 보다 사악(邪惡)하고 전투적이며 미래를 망각한 오늘의 물질적 충족에 급급한 인간상(人間像)을 본다는 것으로 하루에도 수차례 절망에 사로잡힌다. 생명은 개성(個性)이다. 생명에 동일한 것은 없다. 다만 동일한 것이 있다면 생명은 생명을 기르는 것뿐이다.

2. 작가는 왜 쓰는가

왜 쓰는가, 하는 물음은 왜 사는가, 하는 물음과 통합니다. 그것은 근원적인 물음이기도 하지만 우리에게 주어진 현실은 그 물음을 끊임없이 되풀이하게 합니다. 삶의 터전이며 조건반사인 현실은, 그러나 완전한 것이 못 되고 또한 현실은 토막 낸 한 단면도 아니며 반복도 아니며 끝없는 연속, 새로움이기 때문입니다. 순간마다 같을 수 없는 사물과 시간 속에서 우리 생명들의 삶은 반복되어왔고 왜 사는가 물어왔습니다.

문학 또한 반복되어온 작업이었으며 왜 쓰는가의 물음이었습니다. 얼핏 생각하면 문학의 그와 같은 끝없는 물음, 그 물음의 작업이 과연 필요한 것인가. 세간에서도 문학 혹은 예술을 잉여물로 치부하는 경향이 없지 않습니다. 그러나 다시

꿈꾸는 자가 창조한다

깊이 생각해보면 인생의 확대일 수도 있고 축소일 수도 있는 문학이 잉여물이라면 인생 자체도 잉여물이 아닌가 하는 위험하고도 극단적인 의문에 빠지게 됩니다.

사람은 왜 다른 생물과 다른가. 다 같은 생명체이면서 그 어느 것과도 사람이 다른 것은 사고하는 존재이며 합리적으로 추구하고 생각을 형상화하는 능력, 그리고 삶의 현장에서 대상과 자아에 대한 인식, 대충 그 같은 특성 때문인데, 분명 문학도 그런 능력의 소산입니다. 그러나 사람을 자연의 일부로서 삶의 형태를 순환하는 절대적 질서로 파악한다면 사고나 추구, 형상화, 그리고 인식 같은 것으로 빚어낸 결과는 그것이 제아무리 위대하고 정교하다 할지라도 생명의 본질적 문제를 크게 변혁하지 못했다는 것을 깨닫게 됩니다.

물론 수많은 생물 중에서 유독 인간에게만 주어진 특성으로 하여 역사가 쌓이게 되고 계속 인류가 발전해온 것은 사실입니다. 그러나 어떠한 경우에도 그 발전은 유물적인 것이었습니다. 범위가 지극히 한정된 가시적인 것이었다는 얘기가 되겠고 규명이 가능한 한계, 창조가 가능한 한계에 부딪혀왔던 것을 부인할 수 없습니다. 구체적으로 말한다면 보이지 않는 영역이 보이는 영역보다 훨씬 무한하며 그 보이지 않는 것에 의해 사람(생명)은 보다 결정적으로 운명지어지기 때문입니다.

생명은 어디서 오는 것이며 어디로 가는 것인가, 수태와 사망이라는 매우 단호한 해답이 나와 있지만 결코 결론일 수가 없는 깊고 깊은 생명의 비밀이라든지 오묘한 우주의 질서, 생성과 소멸 앞에 인간은 속수무책인 존재라는 것, 측량할 수 없는 느낌의 세계에서 행복과 불행의 추상적 대상을 향한 인간의 갈등과 오뇌 같은 것, 이러한 문제들은 여전히 건너갈 수 없는 피안인 것입니다.

그럼에도 불구하고 피안은 진실을 향한 우리의 영원한 목적지이며 궁극적인 뜻에서 언어는 그와 같은 진실과 소망의 강을 건너는 배라고 생각할 수 있습니다. 언젠가 나는 언어의 마성에 관한 말을 한 적이 있었습니다. 피안을 향해 한 치도 나갈 수 없지만, 그러나 언어의 배를 타지 않고는 강을 건널 방법이 따로 없다는 실상을 두고 한 말이었습니다. 언어는 불완전하여 진실을 완전하게 전달할 수 없기 때문이지요.

여기서 희미하나마 왜 쓰는가의 의문이 풀릴 듯도 합니다. 인생 자체가 불완전하다는 것과 언어가 불완전하다는 것은 별개가 아니니까요. 진실에 접근하고자 하는 노력도 각기 다른 것이 아니니까요. 그러나 사람들은 모두가 피안을 골똘히 바라만 보고 있지 않습니다. 합리적이란 말이 있지요. 한계 안에서 최대 다량의 명확성을 도출하려는 의지 말입니다. 그러나 그 합리주의에도 신비주의의 모호성 못지않게 사사오입(四捨五入)식의 오류는 있는 것입니다. 기계론이나 초자연주의도 고도의 사유 끝에 짜낸 논리지만 그것은 삶과 같이, 언어와 같이 불완전했습니다. 그 어느 것 하나가 완전했다면 인류가 당면한 문제는 오래전에 해결되었을 것이며 오늘과 같은 딜레마에 빠지지도 않았을 것입니다.

　존재하는 모든 생명과 그것들이 점령한 공간은 엄연한 개체이며 생존의 독자적 영역이며 각기의 우주입니다. 그러나 그것들은 그물코같이, 혹은 세포같이 엮어져 총체를 이루고 있고 그렇게 엮이지 않았다면 개체의 존립은 불가능했을 것입니다.

　한편 개체나 개체의 영역이 직면하게 되는 상황 역시 총체에 올리어가는데 이 같은 불가분의 관계를 두고 자연이라는 개념을 생각해봅니다. 우주의 만물이 있는 그대로가 자연이라 한다면 초자연은 우주를 넘어선 또 다른 우주를 말하는 것일까요? 그리고 인간 속에 내재된 영성도 초자연의 다른 우주에 속하는 것일까요? 그러나 이러한 분리법은 알 수 없는 것, 할 수 없는 것에 대한 인간의 둔사가 아닐런지요. 기계론의 경우도 그러한 것 같습니다. 생명의 고리로 엮어진 총체를 생명체로 보지 않았기 때문에 자연은 난도질을 당하여 만신창이가 된 것입니다. 문명이 이룩한 지상의 숱한 구조물, 복잡다단하게 가설해놓은 인공의 혈맥뿐이겠습니까. 달까지 갔다 왔지요. 분명 그것들은 위대한 인간의 승리같이 보입니다. 도대체 인간은 누구에게 승리했을까요? 신입니까? 자연입니까? 설사 신에게 도전했다손 치더라도 불로장수 지상낙원은 아직 신기루 같은 꿈이니까 전지전능하신 조물주를 능가했다 할 수 없겠고 당연히 대상은 자연인데 도전하고 정복하고 승리한다는 것은 자연에 대한 근대의 명제였고 정당성이었고 차원 높은 가치로 군림했습니다. 해서 철저히 능욕당했고 핍박받았으며 학살의 환란을 겪었습니다.

아까 말했지만 개체와 총체가 불가분의 관계라면 자연은 과연 우리에게 무엇이었을까요. 우리 자신입니다. 바로 우리 자신이었습니다. 자연의 파괴는 우리 모든 생명체의 파괴이며 자연의 황폐는 우리 모든 생명체의 황폐이며 자연의 해체는 우리 모든 생명체의 해체입니다. 그리고 자연의 종말은 우리 모든 생명체의 종말입니다. 우리의 육신과 영신은 모두 자연의 것이며 자연의 육신과 영신 역시 우리의 것입니다. 왜 그 사실을 모르고 출발했을까요. 우리는 지금 이미 병들었습니다. 생명의 본질에 비하면 찰나에 불과한 삶의 순간을 위한 안락(편리) 때문에, 지칠 줄 모르는 욕망 때문에 자연은 병들었습니다.

향락 끝에 얻은 몹쓸 병처럼 욕망의 추구로 자연과 우리 모두가 병들었습니다. 속으로 속으로만 눈물 흘리고 있는 것 같은 노변의 겨울나무들, 나비들은 찾아볼 수 없고, 지리산 설악산, 산들은 쉴 시간이 없습니다. 강은 청정한 젖줄이 아니며 물고기들은 터전을 잃었습니다. 나래를 접고 쉬어가는 철새들은 죽음의 모험같이 먹이를 찾아 헤매는 세상, 애처로운 그 모습들은 우리의 자화상입니다. 새들은 과연 자유롭습니까? 우리는 지금 자유롭습니까?

한 국가 한 민족의 흥망성쇠를 넘어서 지구가 존폐의 위기를 안은 세기말적 비극을 바라보는 작가, 작가는 보다 예민하

꿈꾸는 자가 창조한다

게 느끼며 물어야 할 것입니다. 가시적 존재에 대하여, 불확실 속에 부재(不在)에 대하여 물어야 할 것입니다. 목가적 향수를 위해서가 아니며 미래를 향하여 종교가 추상적 절대자를 옹립하여 구원이라는 희망 아래 사람들을 집합하여 구심점이 되는 것이라면, 이제는 신을 총체 속으로 모셔 와서 선택된 인간이라는 망상을 깨어버리고 생명의 평등을 선포해야 할 것입니다. 철학이 근본원리의 추구, 합리적 규범을 설정했다면 이제는 원리에 대한 새로운 방법의 선택, 궤도 수정을 서둘러야 할 것 같습니다.

이야기가 옆길로 들어서는 것 같습니다만 해명이라 할까, 여담이라 해도 좋겠습니다. 작가 생활 40년 가까이 되지만 후반기 20년 동안 나는 거의 외부와 단절된 상태로 지내왔습니다. 여러 가지 그것에는 이유가 있었지만 첫째는 자투리가 아닌 두루마리 같은 시간을 갖고 싶었고 『토지』라는 방대한 작품을 구상하고 집필하는 데 그것은 필수적인 조건이었습니다. 하여 흐르는 시간 속에 생각을 흐르게 했고 작업도 매듭지어가며 한다기보다 흐르는 시간에 순응하며 풀어나가려 했습니다. 어느 만큼 낭비 없이 시간을 썼는가, 한다면 물론 후회는 있고 그 후회는 작품에 대한 아쉬움이겠습니다만 20년 동안 내 나름대로 겪은 인간적인 고통과 희생을 생각하여 자신을 달래고 변명하기도 했습니다. 그런 만큼 생활인으로는 미숙하여 오해도 받고 겪지 않아도 될 억울한 일도 많았습니다. 지켜야 할 도리도 저버리고 해를 넘길 때마다 회한에 젖어야 했으며 단절 상태 속에서 외로움과 소외감, 패배의식에 사로잡히기도 했습니다.

미숙한 생활인. 이번의 경우에도 그러했습니다. 강연을 수락한 것도 엉겁결에 한 짓이었고 강연 제목에 관한 문의가 있었을 때도 허둥지둥, '문학의 기능'이라는 얼토당토않은 말을 했던 것입니다. 젊었을 때는 철없이 강연을 많이 하곤 했지만 20년의 침묵 후에도 철없기는 마찬가지가 아닌가 하는 생각이 듭니다. 사실 지금 나는 이 엉뚱한 강연 제목의 뒷감당을 어떻게 해야 할까 심히 난감한 처지에 있는 것입니다.

앞서 서론에서 짐작이 갔을 것으로 믿는데 나의 작가적 입장에서 보면 문학의 기능이란 반문학적인 것이기 때문입니다. 기능과 창작(창조)은 다른 것입니다. 문학을 사상이나 철학의 표현 수단으로 삼는 경우가 없지 않지만, 물론 그와 같은 문학적 입장도 있지요. 그러나 삶을, 삶의 출발이 기능적인 제조 과정을 거친 게 아닌 창조적 탄생이라 볼 때 그러한 인간의 삶과 마찬가지로 창작인 문학에서도 합당하지 않지요. 삶에는 기능적 요소가 없지 않지만 결코 기능 그 자체는 아니며 기능은 때에 따라서 반생명적인 무기가 될 수도 있고 본질을 엄폐하는 수단이 되기도 합니다.

그러나 쓴다는 행위가 반드시 문학에 한한 것이 아님은 여러분들도 잘 아실 것입니다. 작가인 경우에도 문학 아닌 글을 쓰게도 되는데, 예를 들면 시평 같은 부류의 글이지요. 그것은 직면한 사실, 혹은 현실에 대한 직접적인 비판 행위이기 때문에 엄격히 그것을 문학이라 할 수 없으며 국가든 사회든 개인이든 되어진 그 무엇이든 간에 확실히 존재하고 확실히 일어난 상황을 대상으로 쓰입니다. 그리고 옳고 그름을 묻고 시정을 요구하며 항의와 호소가 포함된 만큼 글은 스스로 기능적 무기가 되는 것이며 효율을 기대하게도 되는 것입니다. 해서 펜은 칼보다 강하다는 말이 생겨나기도 한 거지요.

이런 부류의 글에서도 "왜 쓰는가" 하는 의문에 빠질 경우가 있습니다. 원초적이며 본질적인 것과는 다르고, 효율성과 기대감에 대한 것으로서 그것은 의문이기보다 일종의 좌절감 같은 것입니다. 많은 필자들이 그 같은 좌절감을 경험했으리라 생각됩니다만 그 하나는 자신의 소견을 펴는 데 설득력이 부족했다고 느꼈을 때, 다른 하나는 꽉 짜인 조직과 구조 속에 정론임에도 그것이 먹혀들어 가지 않을 때, 글쓴이는 찬 바람 속에 홀로 신작로에 남은 듯한 깊은 소외감을 느끼게 되고 물신이 온통 판을 치는 속에서 자신의 비판이 튕겨 나왔을 때 동해에 모래알 하나 던진 듯 스스로를 비웃으며 왜 쓰는가, 깊은 회의에 빠지는 것입니다.

다음은 기능적 요소가 문학을 어떻게 파괴하는가에 대하여 얘기하겠습니다. 오해하기 쉬운 문제지만, 그러니까 문학에다 기능적 성격을 두느냐 마느냐의 방법론은 물론 아니며 기능적 요소가 삶의 방식을 변화시키는 것을 부정할 수 없으나 그 방식의 변화가 본질적인 것을 파괴하는 위험부담이 있는 것 또한 확실합니다. 기능적 요소는 문화와 예술, 즉 창조적인 능력의 자리로 맨 먼저 밀고 들어오며 그것은 자유가 아닌 훈련의 양상으로 나타납니다. 그리고 그것은 분화 현상을 몰고 옵니다. 이른바 분업 시대가 도래한 것입니다. 분업은 일에 대한 개념을 임금이라는 화폐가 목적인 노동으로 변화시켰습니다.

일의 개념은 첫째가 농업으로, 농부는 생명을 기르는 일에 종사했으며, 따라서 땅과 밀접한 친화 관계를 유지해왔고, 둘째가 만드는 일이었습니다. 이른바 장인의 직분이지요. 시작에서 완성까지, 그것은 창조적 능력을 요하는 영역이었습니다. 다음은 사역당하거나 섬기는 처지에 있는 노예의 일이 있었습니다. 산업화되고 분업화되면서 농부들의 모성적 심성은 착취자로 변모되어 땅과의 친화는 깨어졌습니다. 일은 노동이 되었고, 산업 노동자의 경우도 창조의 기쁨, 개성을 버려야 했으며, 사역되던 노예는 그 신분제도에서 벗어난 듯했으나 새로운 임금 노예로서 종속되지 않으면 안 되었고, 설사 그렇지 않았다 하더라도 경쟁 사회 속에서 냉엄한 인간관계, 소외의 벌판으로 내던져졌습니다. 이와 같은 변혁에서 얻어진 것은 물론 엄청난 생산고였습니다. 인간들은 자신을 가질 만했지요. 그러나 얻은 것 이상으로 지불할 것이 있다는 것은 미처 깨닫지 못했던 것입니다. 분업화는 의식의 해체, 사고의 퇴화를 가져왔습니다.

과연 앞으로 문학은 존립할 수 있을 것인가. 인간의 비정

꿈꾸는 자가 창조한다

한 기계화를 예상하는 이 시대에 과연 문학은 존립할 수 있을 것인가. 사실 오늘날과 같이 문화란 말이 범람한 시대도 없을 것입니다. 어느 특정 계급의 독점에서 풀려난 문화가 보편화된 데 이유가 있겠습니다만 여하튼 범람하고 있는 만큼 문화가 있는가, 역설적이라 할지 모르지만 범람하는 만큼 문화는 없는 게 아닐까요? 문화의 본질은 없어지고 그 파편들이 사방에 흩어져서 범람하는 게 아닐까요.

언젠가 말한 적이 있습니다. 일본에서 높은 문화가 들어온다면 우리는 그것을 막을 이유가 없다, 문화는 인류의 공유물이니까. 그러나 지금 일본에서 들어오는 것이 문화인가, 우리 본래의 인성과 생명을 바탕으로 한 유산을 깡그리 버리고 기능적 통제의 산물이거나 아니면 쾌락적 부패의 인자를 가득 실은 것에 문화라는 상표를 붙인 것, 과연 그것은 문화인가, 하고 말했습니다. 본래 일본은 틀과 본이 없는 나라였습니다. 틀과 본을 빌려다 연마하고 변형하고 이용하는 기능에 능한 민족이었습니다. 그것은 단점일 수도 있지만 오늘과 같은 산업사회에서는 최대 장점입니다. 일본이 부자가 된 것은 당연했습니다. 산업화와 그들의 특성이 맞아떨어진 거지요.

그들은 생산의 질량을 높여 세계의 부를 끌어들여 경제대국이 되었고 세계에 영향력을 행사하는 강국으로 부상하기는 했지만, 그러나 우리가 잊어서 안 되는 일은 생산고만큼, 부를 축적하는 만큼 지구는 망가져간다는 것입니다. 경제력으로 공기를 살 수 있겠습니까? 경제력으로 오염을 막을 수 있겠습니까? 경제력으로 뚫어진 오존층을 꿰맬 수 있겠습니까? 경제대국이라 하여 일본만은 지구의 환란에서 벗어날 수 있겠습니까?

장사하기 위한 불필요한 것의 생산고를 낮추어야만 인류는 위기에서 벗어날 수 있습니다. 그러기 위해서는 민족적 에고이즘에서 벗어나야 하고, 영성의 영역까지 가득 밀어닥친 물질적 가치는 시정되어야 하며, 틀과 본은 결코 기능으로 만들지 못할 것이고 기능이 선도하는 한 위기는 가속화될 것입니다.

오늘날 작가는 총체적인 인식으로부터 출발하여 왜 쓰는가를 물어야 할 것입니다. 창조는 정신의 소산입니다. 틀과 본도 정신의 소산입니다. 기능과 창조는 공평하게 분배되어야 합니다. 그 공평한 자리에 서서 우리는 물으며 발을 내밀어야 할 것입니다.

(1991. 5. 29)

이 글은 한림대학교 한림과학원 주최로 열렸던
「수요 세미나」의 발표문 내용을 정리, 수록한 것이다.

꿈꾸는 자가 창조한다

3. 삶의 진실

　벌써 여러 날째 수코양이 두 마리가 뜰에서 힘겨루기를 하고 있었다. 힘겨루기라 하니까 뭐, 대단한 격투라도 벌인 듯 생각하겠지만 그렇지는 않고 서로가 바싹 다가서서 울어대는 단순한 행동이었다. 아무튼 꽤 오랫동안 그랬었는데 수코양이 한 마리가 보이지 않게 되었다. "기어이 밀려났구나. 어디 가서 뭘 먹고 사는지……." 밥을 주면서 혼자 중얼거리는데 가슴이 아팠다. 그러나 그들의 질서는 내 영역 밖의 일이다. 사실 나는 그들의 주인은 아니었다. 여러 해 동안 들고양이들에게 밥을 제공해왔지만 그들은 나를 주인으로 인정하지 않았고 나 역시 그들이 무슨 못된 짓을 했는지 이웃에서 항의가 있으면 들고양이라 하여 책임을 지지 않았다. 다만 이 세상에 생을 받은 모든 것의 가장 큰 슬픔이 배고픔이기 때문에, 배고픔은 목숨을 부지할 수 없는 것이기 때문에, 밥을 주는 이유는 그것뿐이다.

숲속이랑 뒤란 광 속, 지붕 밑, 우리 집 둘레에 제각기 보금자리를 마련해놓고 상주하는 들고양이는 대강 열 마리쯤 된다. 암코양이들이 줄줄이 새끼를 낳았거나 이따금 몰래 들르는 뜨내기까지 합하면 어떤 때는 스무 마리 가까이 되기도 했다. 그럴 때는 큰 냄비에 밥을 그득하게 지어도 두 끼가 불안해진다. 개구리, 메뚜기도 없는 겨울엔 한층 먹성이 좋아서 아예 정부미를 몇 포대 들여놓고 밥 따로 국 따로 끓여 먹이자니 여간 힘든 일이 아니다. 그러나 나 자신이 생각해도 이상한 것은 짜증이 나지 않는 일이다. 밥때가 좀 늦거나 하면 내 방 앞에 와서 들고양이들은 울고 아우성인데 그 소리를 들으면 가슴이 두근거린다. 아파 누워 있다가도 할 수 없이 나가서 밥을 챙겨주고 이게 다 내 업이거니 생각하며 드러눕는다. 그럼에도 불구하고 그들은 내 가까이 맴돌 뿐 결코 다가오는 일이 없다. 서운한 생각이 들지만 그보다 그들을 존경하는 경우가 더러 있다. 먹는 것 때문에 싸우는 것을 보지 못했다. 그들 나름의 순위가 있는 모양이며 우선권은 항상 새끼들에게 주어지는 것 같았다. 어쩌다 멸치 같은 것을 던져 주면 가로채는 것은 새끼들이었고 아줌마뻘 아저씨뻘 되는 고양이들은 못 이긴 척 멋쩍은 척할 뿐이었다. 사람이 나타나지 않는 이상 그들은 평화스럽고 자연 그대로다. 암코양이가 숲속에서 새끼를 낳으면 다른 암코양이가 봐주는 동안 어미는

꿈꾸는 자가 창조한다

밥을 먹으러 오곤 했다. 새끼가 어려서 젖을 먹을 때 어미는 늘 경계 태세지만 밥을 먹게 될 때쯤이면 장난질하는 새끼를 대견하고 느긋한 표정으로 바라본다. 언젠가 한 번 낯선 사람을 보고 놀랐는지 새끼를 물고 이 층 베란다로 올라가다가 새끼를 떨어뜨린 일이 있었다. 어미는 죽은 새끼를 옆에 두고 울부짖었다. 섬세하고 애틋하며 또한 처절한 들고양이들의 행동과 분위기를 보고 있노라면 사람의 심정과 별반 차이가 없는 것 같이 느껴진다.

삶의 환희! 삶의 슬픔!

그것은 생과 사와도 같고 어둠과 빛과도 같다. 극과 극이 등을 맞대고 혹은 서로 마주 보는 자리에 생명을 받아 나타난 것은 예외 없이 상반된 두 여울 사이를 오가며 휘말리며 무상의 길을 지나가야 한다. 사람의 마음 깊은 곳에서도 상반된 삶의 방식을 두고 모순과 갈등이 지칠 줄 모르게 일렁인다. 정착에서 벗어나려 하고 인연의 질곡을 물어 끊으려 하고 원심을 향해 치닫고자 하는데, 그런가 하면 주어진 자유에서 고립을 느낀 영혼은 또 구심점을 찾아 헤매기도 한다. 조직 속으로 기어드는가 하면 해방을 꿈꾸며 틀에서 빠져나오려 하고 균형을 본연으로 삼는가 하면 자유분방을 갈구하고, 쉴 새 없이 떠나고 밀려오는 물결 같은 군상, 우리들의 모습이며 인류의 모습이며 어제도 그러했고 오늘도 그러하며 내일 또한 그럴 것이다. 그러나 탄생(만남)하면서 죽음(이별)을 잉태하는 생명의 본질, 삶의 진실을 과연 우리는 얼마만큼 생각하면서 살고 있는 걸까.

태어나면서 죽음에 이르는 생명, 그 원초적 숙명에 심어진 것이 한(恨)이 아닐까. 만남과 이별에서 제기되는 왜(?)라는 물음표 자체가 한일 것이다. 그러나 우리는 왜라는 의문 때문에 절망하지 않으며 왜라는 물음이 역사를 관류해왔기 때문에 우리는 중단하지 않았던 것이다. 한은 절망이 아니며 체념이 아니다. 왜라는 물음에 대한 해답의 요구일 수도 있고 추구, 출발일 수도 있을 것이기 때문이다. 다시 만날 것을 소망하며 이루어지기를 기원하며 현세에서뿐만 아니라 내세까지, 생명이 간 곳을 향해 뻗어가는 염원이기 때문이다. 못 배운 것이 포한(抱恨)이 되어 자식만은 가르치겠다던 어버이의 눈물, 배고픔이 포한이 되어 대처로 나가 돈 벌어서 땅 사겠다며 보리밭을 등지고 떠난 젊은이, 약 한 첩 써보지도 못하고 보내야만 했던 그리운 사람에 대한 포한 때문에 칠월 백중이면 절을 찾는 소복의 여인. 이들은 모두 내 어릴 적의 이웃들이며 우리 민족의 자화상이다. 한의 슬픔은 불확실성에 있다. 영신지향이기 때문이며 무한의 존재이기 때문이다. 물질이 유한이면 그것은 현재이고 무한은 미래다. 눈앞의 것은 보이지만 먼 곳은 보이지 않는다. 그러나 보이는 확실한 것만이 우리를 구제해준다는 것은 망상이며 가시적인 것이 결코 전체는 아니다. 가시적인 것, 현재만을 믿고 보이지 않는 것, 미래를 망각한다면 개인의 경우도 그러하지만 민족과 인류 모두의 욕망은 일그러질 것이다. 죄악은 물론 역사, 진실, 신까지, 모든 것

꿈꾸는 자가 창조한다

은 목적의 도구가 될 수밖에 없다. 오늘날은 물질이 신과 같이 숭상되는 시대다. 그리고 현대인은 불확실성을 배격한다. 하지만 신과 같이 숭상되고 확실한 물질로 인하여 생명들이 죽어가고 또 죽는다는 사실을 우리는 타성적으로 인식하고 있는 것 같다. 쓰레기 속에서 허우적거릴 미래의 생명들, 방사선에 오염되어 괴물로 변한 인간들의 모습을 상상하기 어렵지 않은 시대에 우리는 지금 살고 있는 것이다.

한을 우리 민족의 퇴영적 정서로 보고 매도하거나 비웃는 사람이 더러 있는 것 같다. 한은 본연적인 것으로 우리 민족의 삶과 더불어 가는 것이며 퇴영될 수 없고 다만 버린다는 데 문제가 있다. 그것은 자기부정일 수도 있고 민족과의 절연을 의미하기도 한다. 1920년대 이 나라 계몽파의 오류가 그것이었다. 내부에서의 각성과 외부에서의 자주에 대처하는 데 조급하여 많은 것을 내다 버렸던 것이다. 철저하게 순식간에 우리의 것을 무너뜨린 장본인은 물론 일제였지만 그 당시 해외 유학의 새로운 지식층이 합류했고 기독교 문화도 가세했다. 목적은 서로 달랐지만 결과에 있어서 너무 많은 것을 잃었다. 시간은 무의미한 것이 아니다. 시간은 퇴적 역사이며 역사는 축적된 경험이다. 한민족이 수천 년 세월을 지내는 동안 남보다 뒤진 것이 있을 수 있고 앞선 것도 있을 터인데 성급하게 수천 년 자란 나무 밑동을 잘라 버리고 남의 씨앗 하나 얻어서 과연 수천 년 이어가는 그들을 따라잡을 수 있겠는지, 이광수의 『민족개조론』도 그와 같은 맥락에서 나온 것이다.

역사도 진실도 신까지도 효율성에 치중하여 쓰고 있는, 세계에서 가장 유물적인 민족 일본은 그들 것을 버리지 않았다. 천조(天照)의 왕통 계승의 선언 이외 단 한 줄의 계명도 없는 신도(神道)라는 텅 빈 상자에 한때는 신불습합(神佛習合)이라 하여 불교를 곁들였고 또 한때는 유교와 합치더니, 왈 일본은 세계의 종주국이요, 후지산(富士山)은 세계의 진수(鎭守)라, 두말할 것도 없이 그것은 군국주의의 모태이며 세계 정복의 원형으로 만들어진 것이었다. 최첨단을 가는 과학기술의 보유국인 일본은 그야말로 내다 버려야 옳은 신국, 신도의 낡은 상자를 현재까지 움켜쥐고 있다. 왜 우리는 신나게 버리면서 선망해 마지않는 일본이 원죄의 상자를 움켜쥐고 있는 사실을 그냥 보고 넘기는지. 36년간 일제는 근대화 물결을 타고 구습 타파라는 명분으로 우리 것을 박살냈는데, 그들은 구습 타파를 못 했던지 조선의 산봉우리에 쇠기둥을 박았다. 구습 타파도 방편이요, 구습 보존도 그들에겐 방편이다. 용감무쌍한 신국의 백성들, 뭐가 두려워 우리 강산에 쇠기둥을 박았을까? 민족의 얼을 두려워했을 것이다. 믿지 않으면서도 믿는 그들, 현인신을 믿지 않으면서도 믿는 그들의 특이한 발상법 때문이리라.

이야기가 옆길로 많이 빠진 것 같다. 한을 퇴영적 민족의 정서로 보는 것은 아마도 일제 36년의 영향이 아니었나 싶다. 일본에는 한에 걸맞은 말이 없다. 굳이 찾아보면 모노노아와

레(物の哀れ)가 있는데, 그러나 한과는 상당히 거리가 있다. 그것은 덧없다는 뜻이 포함된 허무주의로서 존재의 슬픔을 말하고 있다. 공리를 위해선 어떠한 죄악, 살생도 용납되는 칼의 문화에 대한 가냘픈 저항에 불과한 것이다. 한(恨)을 일본에서는 우라미(うらみ)라 읽는다. 우라미에는 원한이며 증오, 저주, 복수 심리가 강하게 깃들어 있다. 문학은 인생의 축소이며 또 인생의 확대라 생각하여 일본의 에도문학(江戶文學)을 살펴보면 그 기초를 이루는 것이 우라미다. 우라미 때문에 칼(그로테스크)이 등장하고 삼각·오각의 애욕은 우라미를 조성한다. 사상의 성찰이 없는 살인극, 패륜극은 인생에 있어서 한갓 난센스에 지나지 않았다. 그것은 칼 밑에 있는 민중들의 허무주의 발산으로도 보이며 죽음의 충동, 죽이고 죽임을 당하는 기폭제가 우라미였다. 일본의 기나긴 동족상쟁 약탈의 역사는 메이지유신 이후 그 칼바람이 밖으로 쏟아져 나감으로써 달라져 갔다. 그들에 비하여 얼마 되지 않는 우리 문화를 보면 핏빛 칼바람은 보기 드물다. 복수보다 보은이 많은 편이며 무엇보다 두드러진 특색은 비극을 해학으로 중화시킨 일이다.

죽음(심청전)과 억압(춘향전)과 가난(흥부전)에서 우리는 참 많은 해학과 풍자를 보게 된다. 이와 같이 일본의 문학과 우리 문학의 차이, 그 뿌리는 어디에 있는 걸까. 왕권을 확립하기 위하여 만들어진 일본의 『고사기(古事記)』는 오랜 세월 날조되고 삭제되고 가필된 흔적이 역력하지만 내용은 인간의 얘기, 권력 쟁탈의 기록으로서 신국 신도의 근거가 된 그 속에는 앞서도 말했듯이 상속의 문제 이외에 단 한마디도 신의 메시지는 없다. 일본의 이 무렵보다 훨씬 앞선 한민족에겐 무엇이 있었을까? 샤머니즘을 들 수 있다. 그것을 본으로 삼았고 의지했으며 어떤 권력도 개입하지 않는 생명주의였으며, 생명의 평등은 비단 사람에 한한 것은 아니었고 모든 생명에 대한 평등사상이었다. 모든 생명에는 영성이 있다고 보았기 때문이며 영성이 있을진대 생명과 생명 사이의 교신을 믿은 것이다. 또 영성의 불멸을 믿었기 때문에 영계와의 교신을 끝없이 시도했던 것이다. 이런 상황은 친화를 의미한다. 상반된 것과의 친화, 죽음과 생의 상반된 것과의 만남은 영원한 염원이었을 것이다. 희망이기도 했을 것이다. 여기서 우리는 죽임의, 상쟁의 흔적을 찾을 수 없다. 불교가 들어온 후에도 그것은 진리의 탐구였으며 올바른 삶의 규범이 되었다. 유교는 정치이념으로 도덕 정치를 구현하려 했고, 물론 그런 것들에 폐단도 따랐고 실리 앞에선 허약하기도 했을 것이며 현실과 유리되는 측면도 있었을 것이다. 그러나 우리는 어떤 경우에도 생명이 죽임을 당하는 문명은 배격해야 하고 옳지 않은 욕망을 위하여 개인이든 집단이든 간에 그들 욕망을 위해 진실이 기만의 깃발이 되어 인류가 파국으로 가는 것을 긍정해도 안 되며 애매하게 넘겨도 안 될 것이다.

생명은 생명만을 취하며 생존한다. 생명은 쓰레기를 남기지 않는다. 다만 자연순환의 일부가 될 뿐이다. 썩지 않고 죽

꿈꾸는 자가 창조한다

음이 없고 스스로는 결코 운동하지 않는 비생명의 물질, 어떻게 생각해보면 그것은 불가사의하고도 섬뜩해지는 대상이다. 영원한 침묵, 수동적이면서 패배를 모르고 능동적이면서 승리를 모르는 무서운 존재, 인간의 친구도 되고 적도 되며 인간을 풍요하게, 융성하게 하면서 인간을 멸망하게도 하는 그것, 그것을 움직이게 하는 것은 인간의 의지이지만 불변한 것을 대하는 유동하고 변화하는 인간의 의지란 얼마나 연약한 것인가.

배고픈 날, 배부른 날을 살아온 고양이를 바라보며, 비 오는 날, 바람 부는 날을 살아온 내 뜨락의 나무들을 바라보며 그것들이 어디서 온 생명인가를 생각할 때 나는 경이로움에 잠겨 말을 잃는다. 응달에 가냘프게 돋아난 한 가닥 풀잎, 바위틈을 비집고 솟아난 민들레는 한 송이 꽃을 피우고 씨앗을 날리는데, 그 생명에의 의지, 그것이 영성 아니고 무엇이겠는가 생각할 때 경건하게 기도하고 싶어진다. 눈 쌓인 겨울 뜨락 나목에 앉은 작은 새 한 마리, 애처롭게 울면 태어남의 한이 가슴 깊이 새겨진다. 그러나 그것들은 모두 비밀이며 무한하다.

(1991. 7. 1)

4. 인간만으로 살게 하소서

원주(原州)로 내려온 몇 가지 이유 중의 하나는 어떠한 것에도 사로잡히지 않는 시간과 공간에서 남은 생애의 불길을 태워보겠다는 내 문학적 소망이었다.

빈 공간에 생각을 가득 채워놓고 흐르는 시간의 소리를 들으며 한땀 한땀 뜨면서 바느질하듯, 한 조각 한 조각 쪼아내며 조각하듯, 무릇 무엇이든 만드는 처지라면 그런 시간과 공간을 소망하지 않는 사람은 없을 것이다. 그러나 그 공간과 시간을 확보하기 위해서는 전후좌우 힘겨운 노력이 따라야 하며 노력을 한다 하여도 창작(創作)하는 힘과 유실(流失)되는 힘의 비례가 같은 것이 또한 현실이며 삶의 단면이기도 한 것이다.

오늘을 사는 사람들은 실로 여러 가지 형태의 멍에를 쓰고 있다. 보다 복잡하고 보다 가중하게 의식(意識)을 소모하고 있는데, 작가도 같은 시대를 사는 사람, 예외일 수는 없다. 게다가 누구나가 쓰는 멍에 위에 또 시대(時代)의 고뇌(苦惱)를 표출하는 작가로서의 멍에를 걸머져야만 하는 것이다.

이 이중의 무게는 늘 신경질과 외로움을 동반한다.

남들이 이해하지 못하기 때문이며 일상의 멍에는 풀어버리고 무게를 덜고자 하는 것이 작가의 심리 상태요, 따라서 시간과 공간의 확보에 조울증과도 같은 집착을 보이게도 되는 것이다.

의식주(衣食住)라는 세 개의 기둥이면 생활을 영위할 수 있었던 세월과는 달리, 잡다한 소도구(小道具)의 범람 속에서 현대인들은 편리함에 자족(自足)하고 노동력의 절감(節減)을, 생산의 증대를 역설하는데 그것은 다 사실이다.

그러나 설사 육체적 안온(安穩)을 얻어내었다 하더라도 더 많은 정신적인 것을 지불한 것 역시 사실이다. 지친 다리를 쉬게 하는 것이라면 우마(牛馬)의 등밖에 없었던 옛날 사람들은 모두 걷는다고들 했다. 오늘날 하늘에는 비행기가, 땅에는 자동차, 이 괄목할 만한 교통수단을 두고도 사람들은 뛴다는 말을 한다.

가정부, 대학의 강의를 맡은 사람, 아기 엄마, 상인들, 노동자 할 것 없이 직업의 종별을 막론하고 모두가 요즘에는 일한다는 대신 뛴다는 표현을 즐기고 있다. 아닌 게 아니라 우리는 도처에서 뛰는 것을 보고 느끼며 덩달아 조급해지기도 하는데, 그중에는 뛰지 않아도 될 사람이 뛰고 있고, 뛰면서 왜 뛰는지 모르는 사람도 더러 있을 것이다. 목을 앞으로 뽑고 뛰어가는 군중, 그 무리에서 떨어지면 영원히 낙오될 것 같은 공포에 쫓기어 뛰고, 나사못은 꽉꽉 죄어야 하는데 대충대충 찔러놓고 그렇게 뛰어가는 목적지는 어디인가.

우리가 오늘날 일상(日常)에서 접하는 사물(事物)은 쇳덩이처럼 차갑고 복잡하다.

문명(文明)이라 일컫는 물질(物質)의 엄청난 변모, 고도로 정밀화한 기술이 낳은 것들, 손은 편해졌으나 머리가 편치 않게 된 것들, 적확(的確)하기 위하여 인간적 사고(思考)를 생략하고 극도로 단순해질 필요가 있는 것들, 사고는 기계를 닮아갈 수밖에 없을 것이다. 역사(歷史)의 시행착오(試行錯誤)의 일부 원인이 인구문제에 있다는 것을 어렴풋이 안다. 사회구조의 변혁이 인구 탓이라는 것도. 그러나 탓으로 책임을 회피하고 방향을 방관해도 되는 것인지.

작가는 뛰면 안 된다. 단순해져도 안 된다. 더더구나 기계를 닮아가서는 안 된다. 기계를 닮은 작가는 무용지물(無用之物)이다. 아니, 무용지물이기보다 작가일 수가 없는 것이다. 단순해지지 않기 위하여, 목적도 없이 뛰지 않기 위하여 쇠붙이처럼 싸늘하고 비정(非情)의, 그리고 복잡한 대상(對象)에서 작가는 차단될 필요가 있다.

모두 뛰어서 가버린 빈자리에 홀로 남을 용기가 있어야 한다. 낙오된 외로움을 감내해야 하고 무리에서 떨어진 자에 대하여 이단시(異端視)하는 속성, 그 무수한 바늘과 같은 눈동자를 견디어야 한다. 왕시(往時)에 위대하였던 작가는 한 시대를 앞서간다고 했다.

그러나 오늘의 작가는 후퇴해야 하는 것이나 아닐까.

허술한 나사못을 죄기 위하여, 씨앗을 찾기 위하여, 꽃과 나비를 있게 하기 위하여, 수만 리 장천(長天)을 나는 도요새를 생각하기 위하여. 나사못은 생활이다. 씨앗은 생명의 본질이며 꽃과 나비는 온유(溫柔)함과 평화로움, 도요새는 강건한 의지로 볼 수 있다.

망망대해를 날갯죽지 하나로, 때론 폭풍에 날리면서 싸우는 새, 더러는 비행기 속에 편히 앉아서 아! 인간으로 태어나 얼마나 좋은가 할 사람도 있겠지만, 그러나 경이로운 생명의 비상(飛翔)에 비하면 인간의 에고이즘은 하찮고 천박하다. 아무리 가냘프다 하더라도 비정(非情)과 비인간화(非人間化)에 작가는 울어야 할 사람이요, 순간의 배설(排泄)을 위한 코미디의 연기자가 되어서는 안 될 것이다.

시간과 공간의 확보란 참으로 어렵다.

물리적으로, 심리적으로 침입하는 그것들을 몰아내기란 두 팔을 뻗고 또 뻗어도 감당하기 어렵다. 멍에도 두 배, 두 인생을 살아야 하는 작가로서 그것은 숙명인지 모른다. 내 속에서도 바람이 인다. 인간만으로 살게 하소서. 걸어놓은 빗장을 풀고 밖을 내다보며 뛰어가는 군중 속에 합류하고 싶은 충동은 시시로 일고 일상은 이곳저곳에 널려 내 손길만 바라본다.

밖에서 불어닥치는 바람은 더욱더 힘에 겹다. 스스로 떨어져 나왔음에도 나는 당신네들 동류(同類)가 아닌가요? 타인(他人)의 눈에서 그것을 찾으려 하고 미세한 소리에도 마모(磨耗)되는 신경, 조그마한 거짓, 하찮은 속임수에 날이 서는 마음, 그러나 그런 것들은 다 추진력이 된다.

한때 나는 악(惡)이 승리한다는 절망(絶望) 속에서 밤을 지새우며 글을 썼고, 가족과의 호구(糊口)를 위해 밤을 밝혀야만 했고, 병고와 맞서 굴복 아니 한다는 증좌(證左)로 글을 썼고, 정신(精神)의 살해자(殺害者), 그 몰이꾼들에 쫓기는 한 마리 사슴같이 이래도 되는 겁니까, 되는 겁니까 외치며 글을 썼다.

분노와 고통과 비애는 글을 쓰는 행동으로 지탱이 되었다. 작품의 성과는 어쨌든 지금 생각해보면 그 피는 매우 신선하였다. 젊음과 결핍, 배수(背水)의 진(陣)을 쳤기 때문이었을까. 살갗을 찢는 동천(冬天)의 달을 느끼며 방 한 칸을 내 세계로 삼고. 그렇다. 원고지에 쏟을 수 있었다는 것은 구원이었다. 고통의 낙수(落穗)는 반드시 있었다.

20년 전 『김약국의 딸들』을 썼을 때나 『시장과 전장』을 썼을 때 나는 기대 이상의 호평을 받았다. 그때 내가 행한 것은 문에 빗장을 지르는 일이었다. 어려운 결단이었지만 인기라는 물결을 타면 나는 쉬이 썩을 것이란 생각을 했던 것이다. 부양가족을 이끌고 6·25를 질러나온 여자라면 누구나 생활이, 생존(生存)이 어떤 것인지 가슴에 화인(火印)같이 찍혀 있을 것이다. 밤마다 원고지를 밀어놓고 자리에 들면 숨이 차서 뒤척이다가 내일 아침이면 싸늘한 시체로 변해 있을 것이란 환상(幻想)에 시달리면서 가족에게 남겨질 쥐꼬리만 한 원고료를 계산했던 시절, 출판의 보람도 없이 『토지』의 초고와 씨름을 했는데, 지금 나는 부자라 할 수는 없지만 가난하지는 않다. 부양해야 할 가족도 없다. 하여 보다 순수하게 작품에 몰입할 수 있었을 것이다. 그러나 창문이 밝아오기가 무섭게 신들린 것처럼 펜을 놓고 밖으로 달려나가 뜰에 가득한 그 푸르름 속으로, 아마 그것은 엄청난 무게의 『토지』로부터의 도망이었는지 모른다.

금년에는 어느 해보다 겨울 준비를 철저히 했다. 내 평생 처음으로 메주를 쑤어보았다. 왜 그랬을까? 무의식적인 것이었지만 벌써부터 결론을 준비하고 있었던 것 같다. 다시 나는 대문에다 빗장을 질러야겠다고.

연재 중인 『토지』 4부의 3편 7장을 보면 해도사와 송관수의 대화가 있는데 나는 그 치졸함에 얼굴을 붉히지 않을 수 없었다. 3편 8장의 조찬하가 유인실이 임명희의 제자인 것을 임명희를 통해 들었는데 그것을 새까맣게 잊었다는 대목은 땜질이었다는 것을 고백한다. 그것은 조찬하가 잊은 것이 아니다. 작가가 잊은 것이다. 실책은 이미 지나갔고, 하기는 전열(戰列)을 가다듬어 연재를 계속할 수도 있을 것이다. 그러나 실책은 그것으로 끝나지 않을 것이란 판단에서 연재를 중단할 수밖에 없었다.

한없이 펼쳐놓은 『토지』의 무대와 사람들, 30년대의 복잡다단한 시기에 접어들어 시간에 사로잡힌다는 것은 처음부터 불가능했던 일이었을 것이다. 과욕이 저지른 이와 같은 차질이 참으로 부끄럽다. 시간에 쫓기면 해낼 수 있을지도 모른다는 희박한 희망과 나로서는 상당한 액수라 생각하는 원고료를 탐했던 것도 틀림없는 일이다. 시간과 원고료에 사로잡힌 그 결과는 너무나 뚜렷한 것이었다. 마음은 작품(作品)의 감이다. 명주로 하면 명주옷이 되는 것이요, 나일론으로 하면 나일론 옷이 될 수밖에 없다.

그래서 『정경문화』와 경향신문사에 대한 태산 같은 책임감을 절감하면서도 용단을 내린 것이다. 그리고 앞서 작가가 있어야 할 자리를 소리 높여 마치 질타하듯 떠들어댄 것은 그 소리가 모두 나 자신을 향한 못질임을 독자 여러분께서 이해해주셨으면 고맙겠고 죄송한 마음 금할 길이 없다.

신문사에는 참으로 면목이 없다. 정정한 마음으로 토막 내지 않는 이어진 시간 속에서 『토지』를 완결하는 것만이 보상의 길이라 자위(自慰)하며 펜을 놓는다.

(1983. 12. 2)

꿈꾸는 자가 창조한다

5. 생명은 '시행' 아닌 진실 자체

겨우내 쌓였던 눈이 녹다가 얼다가 하는 비탈을 행여 두릅의 새순이 났을까 하고 올라가 보았다. 착각이었는지는 모르지만 텔레비전 화면에서 토실토실한 두릅의 새순을 보았던 것 같았기 때문이다. 여름에 비탈을 손질했을 때 날카로운 가시로 나를 괴롭혔던 두릅은, 그러나 썩은 나무 막대기처럼 새순은커녕 생명의 흔적조차 찾아볼 수 없었다.

미루나무는 하늘을 찌르듯 높이 솟아 있었다. 버들은 산발한 여인네가 흐느끼듯, 나무들은 모두 그렇게 헐벗은 상태로 마지막 한계(限界)의 시간을 견디고 있었던 것이다.

허리를 펴고 치악(雉岳)의 연봉을 바라본다. 하늘과 구름에 따라서, 일출과 일몰, 계절과 일기, 움직이는 그 모든 것에 따라서 시시각각 천태만상, 채색의 조화를 부리던 산이 지금은 안개에 가려 아슴푸레 모습을 떠올리고 있었다. 매운바람이 내 정강이를 스치고 지나간다.

원주(原州)로 내려와서 햇수로 5년이던가. 그동안 조석으로 산을 바라보는데 나는 한 번도 감동한 적이 없다. 냉담하고 무관심하게, 무연(無緣)한 타인(他人) 대하듯이, 아마 산도 내게 그러했으리라. 산은 나를 부르지 않았고 나는 산에 들어갈 생각이 없었다.

그는 너무나 컸고 나는 너무나 작았기 때문이었던가. 하기는 어릴 적부터 산을 보고 감동했던 기억은 별로 없다. 산이란 동서남북 선 자리에 따라 그 모양새가 달라서 막연하고 추상적인 것이 아닌가 싶어진다. 일단 산속으로 들어가면 더욱 그러하다. 관습화한 의식 속에 산이란 개념은 있되 실제 산은 없고 구체적인 장소가 연이어져 있을 뿐이다. 막연하고 알 수 없는 것, 그래서 사람들은 정상(頂上)에 깃발을 꽂으려 하는 것인지 모르겠다.

바람에 나부끼는 깃발, 그러면 그 깃발은 무엇이냐.

도전하여 얻은 승리의 표상(表象)임에는 틀림이 없겠는데 인내와 단련과 슬기로써 승리의 희열(喜悅)을 맛보려고 찾아가는 사람은, 그러나 그들은 걸음을 멈출 수도 있고 되돌아설 수 있는 선택의 여지가 있다. 반대로 도전받는 사람, 저 헐벗은 겨울나무같이 마지막 한계까지 시간을 견디어야 하는 사람, 그들이 대다수라는 사실을 우리는 잊고 사는 것 같다. 산다는 데 있어서 도전함은 주(主)가 아니요, 도전에 대하여 그

꿈꾸는 자가 창조한다

것을 뚫고 나가는 것이 주임을 우리는 잊고 있는 것이다. 산다는 것은 치열한 생명(生命) 그 자체요, 결코 시행(試行)이 아닌 것을 우리는 언제부터 그것을 잊었을까.

비탈을 내려와서 비둘기에게 더운물을 날라다 주고 비둘기장을 유심히 살펴본다. 비둘기 한 마리가 없어진 것이다. 외부에서 침입한 흔적이 없고 문은 잠겨져 있었으므로 나갔을 리 만무다. 더군다나 관상용 흰 비둘기여서 문을 열어봐도 나가려 하지 않았는데 이상한 일이다.

실상 나는 오래전부터 비둘기를 그만두고 닭을 기를 계획이었지만 비둘기를 다 처분할 수가 없었다. 한 쌍을 출가시키고 나면 다시 새끼를 까서 원상 복귀를 하니, 그렇다고 해서 쫓아내면 굶어 죽을 수밖에 없는 것을, 울며 겨자 먹기로 멀리 시장까지 가서 사료를 사와야 했으며 뙤약볕을 받으며, 눈을 밟으며 모이와 물을 나르지 않으면 안 되었다. 하루도 잊어서는 안 되는 일과였던 것이다.

게다가 생산적인 것이 못 되어 묘하게 가책 같은 것도 있었다. 그러나 어떤 경우에도 생명만은 보존해주어야 한다는 연민이 노고(勞苦)나 가책 같은 것을 무마해버렸던 것이다. 없어진 비둘기 한 마리, 결국 풍정산업(豊井産業)에서 일하는 아주머니가 가져갔을지 모른다는 것으로 생각을 잘라버렸다. 비둘기를 출가시켜준 것도 그 아주머니였고, 내 신경을 쓰지 않게 하려고 몰래 와서 호박을 심어주고 수세미도 심어주었던 아주머니였기 때문이다.

더 이상 없어진 비둘기 생각은 하지 않기로 하고 나는 냉이가 밀생(密生)하는 자귀나무 밑으로 갔다. 해마다 이맘때면 냉이를 캐어 손자에게 냉잇국을 끓여주는데 어찌 된 일인지 냉이는 한 뿌리도 눈에 띄질 않는다. 가을에 일하는 아주머니가 고들빼기를 캐가면서 냉이도 모조리 뽑아간 것을 깨달았다.

심어주는 사람 따로 있고 씨를 말리는 사람 따로 있고, 사람이란 산만큼이나 막연하고 알 수 없다는 것에 부딪힌다. 냉담할 수도 무관심할 수도 없는 것이 사람이기 때문에 문제다.

이야기는 달라지지만 씨를 말려서는 아니 된다. 어떠한 것이든 생명(生命)인 씨를 말려서는 아니 된다. 있어야 할 것이 차차 사라지고 없는 편이 좋을 그런 것들이 범람하는 시대, 노아의 방주(方舟)를 예감케 하는 시대, 비에 관한 말이 나왔으니 생각이 나는데 작년에는 비가 잦았다. 바위 옆에 파놓은 웅덩이에는 늘 물이 괴어 있었고 소금쟁이 장구벌레 수채며 올챙이들이 많아서 손자들을 즐겁게 해주었다.

어느 날이었다. 그 생물들이 말라 죽을 직전에 처해 있음을 발견한 나는 몹시 당황하였다. 물이 빠져버린 바닥에 새까만 올챙이들이 우글거리고 있었던 것이다. 달려가서 호스를 끌고 와 물을 대주는데 가슴이 두근두근 뛰었다.

그 후 개구리가 된 그들은 어디로 다 가버렸는지. 여름 한철 고양이들은 개구리를 잡아먹느라 밥을 먹지 않았다. 친구처럼 우리 집 뜰에 나타나곤 했었던 매도 가끔 개구리를 물고 오는 일이 있었으니 웅덩이에서 자란 개구리는 상당수 희생

꿈꾸는 자가 창조한다

이 됐을 것이다. 그러나 씨는 마르지 않았으리라 자위(自慰)는 한다.

살구가, 자두가 여물 무렵이면 우리 뜰에는 어디서 오는지 꾀꼬리들, 까치들이 무리를 지어 날아든다. 그러면 나는 인심 후하게 멀리서 새들을 숨어 본다. 먹고 살아라, 새야. 밥찌꺼기나 먹다 남은 라면 따위를 씻어 돌 위에 올려놓으면 참새들이 찾아온다. 먹고 살아라, 새야. 개미도 벌도 배추벌레도 모두 먹고 살아라.

먼지 탈탈 터는 신사 숙녀께서 얼굴을 찌푸리겠지만 시궁창의 그 미생물, 심지어 분뇨까지 더럽다고 해서 무서운 것은 아니다. 생명인 한(限) 그것들은 죽을 것이기 때문이다. 가공(可恐)할 것은 더러운 시궁창의 미생물도 살아남지 못하게 하는 비생명체(非生命體) 바로 그것이다. 그것들은 결코 죽지 않는 것이기 때문에.

헐벗은 겨울나무, 혹한(酷寒)을 어디서 보냈는지 홀연히 내 방 상머리에 나타난 꾸들개미(귀뚜라미) 한쪽 더듬이가 부러져 있었다. 경이로운 생명, 비통한 그것, 이보다 더한 진실이 어디 있을까.

많은 것들이 추상적으로 변모되어 가고 있는 것 같다. 풍월(風月)을 읊는다고 야유했듯이 지금은 추상을 읊는다고 야유할 시기는 아닐는지. 정상(頂上)에 꽂은 깃발의 의미를 배제하지 않아도 좋을 한가한 우리들인가.

도전(桃戰)과 승부욕(勝負慾)이 팽배해 있는 거리가 나는 두

렵다. 신선한 생명의 약동으로 미화(美化)되었던 옛날의 화랑(花郎)이나 기사(騎士)는 그 희소한 존재로 하여 꽃이 되고 불이 되었지만 오늘의 문명은 날이면 날마다 세계 도처에서 도전과 승부욕에 불타게끔 사람들을 세뇌(洗腦)하고 있다. 모든 사람들은 모두 서로가 적(敵)인가. 모든 생명은 모두 서로가 적인가. 자연도 인간의 적인가. 적이라 생각하는 한에 있어서 무서운 보복은 불가피한 것이 아닐까. 마지막 두 사람도 적수(敵手)임을 면할 길이 없을 것만 같다.

(1984. 2. 24)

꿈꾸는 자가 창조한다

6. 꿈꾸는 자가 창조한다

20년쯤 되는 옛날의 일이지만 모 신문사가 마련한 자리에서 小山糸子(작가)라는 일본 여성과 시인인지 작가인지 이름이 귀에 선 남성, 그리고 한국의 문인 몇 분이 합석하여 식사를 한 적이 있었다.

자고로 자신이 좀 있는 사람이면 강자 앞에서는 납작 엎드려 기고 약자에게 군림하는 위인을 어릿광대로 치부하였다. 그들 대부분의 실태로 볼 것 같으면 진짜 광대는 제외하고—목구멍에 풀칠하기 위하여 그런다기보다 물질이나 지위를 탐내어 여분을 쌓고 상승하기 위해서인데, 화폐나 훈장과는 달리 측량할 수 없고 눈에 뵈지도 않는 진정(眞情) 따위를 내팽개쳐 버리는 것이 당연하고 진실(眞實)이 밥 먹여주나 비웃기 일쑤다.

그런데 대개의 경우 강자는 그 같은 광대를 사랑하는 모양이고 약자는 그 같은 광대를 두려워하는 모양이라, 만약에 인간의 속성이 정녕 그러하다면 세상은 실력파보다 늘 실속파에 의하여 돌아가고 있었던 것은 아니었을까. 콩 심은 데 콩 나고 팥 심은 데 팥 나고, 이 어리석은 속담은 대체 무엇에다 쓰려고, 혹 준비하는 연설문에나 쓰려고 있었던 겐가. 하기는 인간이 조물주로 육박해가는 시대인지라 콩 심은 데 팥 나올 수도 있는 일, 곰팡이 슨 속담 몇 개쯤 사라진들 뭐가 대수겠는가.

여담이 길어졌는데, 식사 도중 별로 자신이 있어 뵈지도 않는 고야마(小山) 씨는 다음과 같은 말을 하였다. 일본에 거류하는 한국인들은 모두 질이 나빠서 사기꾼, 도둑, 대단히 곤란한 존재라고. 무풍지대(無風地帶)에 꽃잎 떨어지듯 천연스러워 명청했었던 나는 뒤늦게 어느 나라이건 사기꾼, 도둑, 살인자는 있게 마련 아니냐고 했으나 쑥스러웠다.

그 당시로써는 어렵게 비행기 타고 온 사람치고는 그야말로 저질이다, 싶었던 것이다. 나중에 신문사 쪽 N 부장이 적지에 와서 욕을 하는 용기가 가상하다 하며 웃었다.

남의 국토를 한입에 들어먹고 말과 이름까지 빼앗던 대도(大盜)의 무리가 좀도둑을 두고 분개를 하다니. 그러나 그것은 내 감정이요, 논리적으로 볼 때 고야마 씨를 대도의 무리라 단정할 수는 없는 일이다. 다만 그가 삼엄한 총검 아래였더라면 그런 말은 못 했으리라 상상할 수는 있었다.

꿈꾸는 자가 창조한다

과거 40년 동안 말로 인하여 이 나라 백성들이 얼마나 많이 투옥되었던가. 감정이라는 말을 하고 보니 감정의 배설구 생각이 나서 순간 민망해지는데, 소설에는 술 마시고 속마음 털어놓는 그런 요소가 조금은 있는 것이 아닐까.

가령 열광적인 민족주의자가 등장할 때 그의 입을 빌려 작가는 일본을 쓰레기로 만들 수 있고, 한국을 보석으로 만들 수 있을 것이다. 반대로 친일파라면 그곳을 이상향(理想鄕)으로, 이곳을 분열이나 일삼는 구제 불능의 것으로 할 수 있을 것이다. 과거에도 그랬었지만 오늘날에도 그런 인물이 얼마든지 있을 것이기 때문이다.

그러나 작가가 그 모든 것은 조감(鳥瞰)하지 못하고 일방적, 감정적 왜곡을 시도한다면 작품은 파탄할 수밖에 없다. 적어도 기둥을 세운 뒤라야 '갈지'(之) 자의 그 같은 지엽(枝葉)이 살 수 있고 허용도 될 것이다. 쉽지 않은 일이다.

해서 에세이 같은 것에는 작가의 생소리가 나오기 때문에 그 기둥이 드러나게 되는데, 기둥이 휘었느냐 바르냐, 작가는 평생 그것을 생각해야 하며, 또 인생 문제이기도 한 만큼 노회(老獪)하다면 과정 얘기는 안 하는 편이 훨씬 좋다. 그럼에도 불구하고 아전인수라는 공박을 예상하면서 감히 이 글을 쓰는 것은 오늘의 풍경에 대한 내 나름대로의 비애 때문인지 모르겠다.

어느 민족을 막론하고 그 문화는 개성의 차이로서 각기 특성이 있을 뿐 우열은 없다는 말을 기억한다. 세상에는 날아오르는 것이 있고 기어가는 것이 있다. 그러나 나는 것이 기어가기 어렵고 기는 것은 날지 못한다.

문화의 특성을 날고 기는 것에 적용하면서 그 일부인 의상에 대하여 나는 다음과 같은 생각을 한 적이 있었다.

일본의 고유 의상을 두고 무당벌레와 딱정벌레를, 우리 고유 의상을 나비와 학(鶴)으로 비유해보았던 것이다.

감색·갈색·회색을 포함하여 흑색(黑色)이 주조인 것이 일본의 의상이요, 우리는 백색(白色)이 주조인 것은 다 아는 바다. 백색을 두고 가난하여 그랬느니 염색술이 발달하지 못하여 백색을 숭상하였느니 하고들 하는데, 가난함을 말할 것 같으면 죽통(竹筒)에 밥 담아 먹던 일본이 우리보다 나았다 할 수 없고, 대륙문화와 우리의 것을 내주었던 만큼 필요했다면 그네들 염색술을 들여오지 않았을 리가 없으니 신빙성 없는 얘기로, 문화 전반의 균형에 의해 색의 주조가 이루어졌다는 것이 옳지 않았을까.

각설하고, 흑색 계통이 주조인 그들 의상은 어둠이 빛을 원하듯 비교적 풍부하게 다른 색채를 혼용하고 있는데, 그 색채는 거의가 원색 아닌 중간색, 그러니까 부피를 느끼게 하는 불투명이 특색이다. 백색의 경우는 그 자체가 밝음이기에 색채를 쓰되 무섭게 절제했다 할 수 있겠고, 게다가 순수한 원색이라 투명함이 그 특징이다. 검정 일색인 우리의 갓을 본다면 우리 의상의 투명에 대한 것이 수긍될 것이다. 투명하다는 것은 생략에 생략을 거듭한 상태, 비상을 꿈꾸는 것이라 할

　　　　　　　　　　꿈꾸는 자가 창조한다

수 있을 것이며, 옷의 형태를 보더라도 선으로 집약되어 있고 풍부한 주름이며 고름·치맛자락·갓끈 할 것 없이 그것은 모두 날리는 것이다. 일본에는 관(冠)이 없다. 궁(宮)이라는 특수 지역에서 쓰는 천으로 된 관을 제외하면.

그럼 옷을 보자. 그네들은 몸에 옷을 고정하기 위하여 상당한 중량의 오비(허리끈)라는 것을 북처럼 등에 짊어진다. 심지어 여자의 옷일 때 땅에 닿는 부분에 솜을 넣어 부피를 나타내어 땅으로 끌어당기려 한다. 속바지가 없는 관계로 그랬겠지만 비상을 꿈꾸는 옷은 아니다. 그 밖에 지상으로 내리지르는 듯 여자의 큰 머리 모양은—조선 궁중에서의 큰머리, 그것은 예외다—그 크기 탓인지 결혼한 여자는 눈썹을 밀어버리고 대신 이빨을 검게 염색한다.

대충대충 얘기를 하자면 그들은 덧붙이는 것이 특성이요, 이쪽은 생략하는 게 특성이다. 그들은 인공으로 치닫고 이쪽은 자연에 귀의하려 한다. 그쪽은 땅을 기는 현실파, 이쪽은 날려는 이상파, 공리적 주관이라면 창조력의 내재. 이쯤 하면 아전인수라는 얘기를 듣게 생겼는데, 꿈꾸는 자는 창조하고 수를 세는 자는 재화를 쌓는다. 재화를 쌓는 자는 창조와 인연이 없다. 다만 창조의 불씨를 받아야 할 사람이다.

예부터 일본이 사대주의가 아니었다면 과연 오늘의 문명이 있었을까. 우리가 사대주의였더라면 영토는 이미 없어졌을 것이다. 이 말을 대부분의 사람들은 거꾸로 한다 생각할 것이다. 그러나 의식의 세계는 책상 위에 내놓을 수 있는 물건은 아닌 것이다.

오늘 이 땅에는 덧붙이고 또 덧붙이고 더욱 덧붙인 우리의 의상이 만발하고 있다. 거리에서, 화면에서 난무한다. 신사임당 수련장에 들어가는 우리 의상의 여학생들, 사임당은 그들을 보고 뭐라 할 것인가. 온 사당패들도 저보다는 점잖았느니라. 광대의 한계를 넘어 이제는 서커스로 옮아가고 있는 것이다.

학과 나비는 어디 가고 딱정벌레·무당벌레들이 서투르게 걸음마를 배우고 있는가.

우리는 오늘 하루를 사는 것이 아니다. 내일을, 모래를, 미래를 살아야 한다. 생략에 생략을 거듭하여 생명을 찾아야 하는 것이다. 마지막으로 여기서 나는 문화의 우열을 논하고자 한 것은 아니다. 생명의 불씨를 만드는 사람도 있고, 그것을 가꾸어야 하는 그런 특성을 얘기하고 싶었던 것이다.

(1984. 3. 2)

　　　　　　　　　　　　　　꿈꾸는 자가 창조한다

7. 풍요의 잔해로 신음하는 대지

연탄을 갈기 위해 문을 열고 나서면 뼛속까지 스미는 것 같은 밤공기를 느끼는데, 그 순간, 언제부터의 버릇인지 나는 하늘을 올려다본다. 흐린 날의 하늘은 희뿌옇거나 캄캄하거나, 그러나 맑은 날에는 이곳 하늘의 별들은 유난히 크게 보인다.

나가기 싫어서 꾸물대다가 털버선을 찾아 신고 재킷을 걸치고, 그러나 일단 밖에 나오면 아무리 추운 날이라도 크게 빛나는 별은 내가 살아 있는 것을 실감케 해주고 상쾌한 피의 흐름을 느끼게 한다.

연탄을 갈고 나면 연탄재 다섯 개가 나온다. 연탄재는 눈비에 얼기도 하지만 일단 물에 젖고 나면 여름이 와도 쉬이 부서지지 않는다. 해서 거름이 된다는 그것을 갈아낸 즉시 밭으로 옮겨 부스러뜨리는데 그 부서지는 소리를 들을 때마다 묘한 쾌감을 느끼는 것은 무슨 까닭일까.

과수원 하는 사람의 말을 들으면 살충(殺蟲)을 위해 낙엽은 태워버리는 것이 좋다고 한다. 그러나 나는 가을마다 낙엽을 긁어모아 놓고 닭똥 돼지똥이 섞인 퇴비도 상당히 많은 수량을 사다가 비축한다. 연탄재 부서지는 소리가 즐거워지는 것은 아마 땅을 살찌게 할 만반의 준비가 돼 있다는 만족감 때문인지, 아기 목에 젖 넘어가는 소리가 듣기 좋고, 논에 물 들어가는 소리가 듣기 좋고, 그 비슷한 심정인지 모르겠다.

과수(果樹)와 채소에 비료 농약을 쓰지 않는 일, 쓰레기차에 쓰레기를 내다 버리지 않는 일, 이 두 가지를 원주에 온 후 나는 줄곧 실행하고 있다.

이웃 풍정산업(豊井産業)에서 만들어준 것이지만 드럼통에 굴뚝 달린 소각(燒却) 통에다 태울 것은 태우고 거름 될 것은 모두 땅에 묻고 빈 병, 깡통, 신문지 따위, 불에 타지 않는 은지(銀紙)나 자질구레한 쇠붙이 같은 것은 빈 커피통에 넣어 뚜껑을 닫고, 그렇게 해서 그런 것들이 모이면 고물 장수에게 넘겨준다. 쓰레기를 쌓아놓고 쓰레기차를 하마 하마나 하고 기다리는 불안이랄까, 초조함에서 해방된 그것만으로도 얼마나 홀가분했는지 모른다.

연탄재를 밟으면서 하늘을 또 올려다보았다. 여전히 별은 컸고 빛은 영롱했다. 생명(生命)은 생명을 낳고 물질은 쓰레기를 낳는다. 문득 그런 생각이 떠올랐다. 정확하게 하자면 생

　　　　　　　　　　　　꿈꾸는 자가 창조한다

명체(生命體)는 생명을 낳는다 해야 옳을 것이지만 그래도 논리가 맞지 않는다. 생명체도 물질임에 틀림이 없다. 방으로 들어온 뒤 생명을 지닌, 지녔었던 물질, 그러니까 부패하는 물질과 당초 생명이 없었으므로 부패하지도 않는 물질을 별개로 하여 생각을 전개해보았다.

사람은 본능적으로 부패라는 말을 혐오(嫌惡)한다. 넓게는 생명을 다하고 해체(解體)되는 과정을 보는 공포감 때문일 것이요, 좁게는 그런 것과 관계없이 병균을 연상한다든지 불결한 해독, 그러한 관념 때문에 혐오하게 된다.

그러나 궁극적으로 부패물은 어떠한 것이든, 우리 생활에 어떤 영향을 미치든, 자연에 환원되어 다음 생명을 위한 거름이 되는 것을 부인할 수 없을 것이다. 옛날에는 부패하는 그런 것들을 쓰레기, 아니, 거름이라고들 했던 것 같다.

오늘에 있어서는 김장철에 쏟아져 나오는 배춧잎이며 무잎, 지푸라기 등 비대해진 도시층(都市層)의 구조상(構造上) 거름 아닌 쓰레기로 일괄 처리되고 있다. 배춧잎 무잎뿐이랴. 사시사철 날이면 날마다 밥찌꺼기, 생선의 내장, 별의별 것, 한때는 생명이었던 그것들의 잔해가 거름통 아닌 쓰레기통에 넘쳐 흐른다.

땅 위에는 옛날보다 몇 갑절의 식구가 늘었다고들 하는데, 남아서 버리는 것이 그렇게 많은 것을 보면 과연 현대인들은 잘산다고 뽐낼 만도, 오늘의 문명이 이룩한 기적을 구가할 만도 하고 소비자(消費者)는 왕(王)이라는 말도 과히 틀린 것은 아니겠다. 그러나 잘 먹고 잘 입고 잘 지은 집에 거주한다 하여 잘 사는 것일까. 의식주(衣食住), 그것은 인간 말고도 생명 있는 모든 것의 기본이다. 추위와 더위를 막는 것, 먹어야 하는 것, 있을 장소(場所), 그것은 생물의 모든 것이 넉넉하건 모자라건 향유하는 기본일진대 인간이 그것만으로 잘 산다 할 수는 없지 않을까.

행복, 인간의 존엄성, 희생, 사랑, 잘 산다는 것에는 상당히 많은 의미가 함축되어 있을 것이다. 내재적(內在的)인 것을 부인하고 실체(實體)만이 전부라고 생각하는 오늘 우리는 분명히 무엇인가를 착각하고 있는 것이다. 죽음은 자신과 무관하다는 착각, 천년을 살 것 같은 착각.

옛날에는 가난했었다. 2차 대전 말기(末期) 한창나이 적에 한 줌 남짓한 콩깻묵 섞은 밥으로 견디어야 했던 기숙사 생활, 수업을 중단하고 국채(國債)를 팔러 다녔고 폐품을 구걸하고 다녀야만 했던 궁핍의 시대, 밀떡과 참외로 끼니를 때워야 했던 6·25 동란의 시기, 그 시대를 살아본 사람이면 궁핍의 참상을 체득했을 것이다.

하기야 오늘이라고 완전히 가난을 극복한 것도, 가난에서 해방된 것도 아니지만 아무튼 내가 기억하는 어린 시절의 농촌 뒷간에서는 종이 대신 지푸라기를 사용했었고 동네 우물가에는 뜨물을 받기 위한 통이나 사기 같은 것이 놓여 있었으나, 농촌에서는 물론 소도시에서도 북적대는 음식점 근처를 제외하면 쓰레기통 같은 것은 잘 눈에 띄질 않았다. 봄가을이

　　　　　　　　　　　꿈꾸는 자가 창조한다

되면 오줌장군을 짊어진 농부들이 농촌 가까운 소도시까지 나와서 곡식이나 돈을 지불하고 인분을 걷어가곤 했었다.

정글 속에 쓰레기가 없듯이 쓰레기가 거의 없었던 시절, 심장의 고동처럼 정확하게 순환하는 자연에 순응했던 생활이었다 할까. 오늘을 살찐 진딧물이 배춧잎에 군생(群生)하는 양상으로 비유하고 옛날을 허기진 나비들이 먹이를 찾아 방황하는 것으로 비유한다면 건설(建設)의 역군들은 이마에 핏대를 세울지 모르지만 결코 나는 과거에 연연하는 것도 향수(鄕愁)를 느끼는 것도 아니다. 다만 그 쓰라린 가난과 불편에서 눈부시게 비약한 오늘은 과연 천국인가, 그것을 묻고 싶은 심정일 뿐이다. 인구도 증가했지만 양(量)에 있어서 방대해진 생명체(生命體)를 전제한 물질의 질은 어떠한가.

지구(地球)를 정량불변(定量不變)—이미 깨졌으나—으로 본다면 질은 넓은 만큼 엷어졌을 것이란 생각, 아니면 종류가 줄어들었을 것이란 생각. 땅을 생각해보자. 과대생산(過大生産) 때문에 쇠약해졌고 쇠약한 것을 부추겨 세우느라 인공 영양제 남용으로 저항력을 잃은 땅에 밀생하는 악충(惡蟲) 그것을 구제한답시고 치사(致死)의 약물(藥物)을 끝없이 주입하고 있지 않은가. 그 땅에서 생산되는 병적인 것, 변질된 것을 우리는 풍요함을 찬양하며 먹는다. 그렇다. 우리는 방부제를 첨가한 그밖에도 비생명(非生命)의 것이 첨가된 것을 먹고 있다. 뿐이겠는가.

날로 산적되어 엄청난 쓰레기로 변하는 비생명체는 땅의

숨통을 막아가는 것이다. 땅은 신음하며 쓰레기를 감당하고 인간은 그 쓰레기 위에 좌정해 있다면 전율을 느낄 것이다. 부패되지 않는 것은 도깨비방망이같이 견고하고 편리하기만 한 것인가. 한 사람 한 사람이 거시적(巨視的)으로 현실을 보지 않는다면 우리는 우리 주변에서 하나씩 하나씩 사라져가는 생명, 그 대열에서 인간만 제외된다고 단언할 수 없을 것이다.

(1984. 3. 9)

꿈꾸는 자가 창조한다

8. 영원한 강자는 없다

부드러운 햇빛이 창호지를 통하여 방안으로 스며든다. 창을 열었다. 중학교에 입학한 풍정(豊井)산업의 둘째가 눈을 쓸어주고 가던 일이 엊그제인데 참으로 조화(造化)가 두렵구나, 봄이 웃고 있질 않은가.

밤에는 팔다리가 아파서 뒤척이느라 수잠을 잤다. 하루쯤 쉬어본들 누가 뭐랄까 봐서 톱과 가위와 장갑을 챙겨 들고 밖으로 달려 나왔다. 분명 이것도 병(病)이긴 병인 모양이다. 치악산(雉岳山)에서 해가 솟아오르고 있었다. 밤새 변한 것은 아무것도 없었고 뜰의 나무들만이 일제히 나를 바라본다. 거름을 넣어준 나무들은 만족한 듯, 나직이 나무는 추위 타는 강아지 고양이 모양으로 나를 쳐다보는 것만 같았다.

항상 나와 더불어 숨을 쉬며 삶을 이어가고 있는 뜰 안의 생명(生命)들, 언제부터인지 물론 착각이지만 그들에게도 생각은 있을 것이란 의식(意識)이 나도 모르게 내 속에서 늘 서성거리게 되었는데, 해서 자신을 향한 것과도 같은 연민에 사로잡히는 일도 종종 있었다. 몇 해 전 가뭄이 혹심했던 여름, 잔디에 물을 주었을 때의 일인데, 잔디는 물을 움켜잡고 다른 곳에 흐르지 못하게 결사적인 몸부림을 하는 것같이 느꼈다. 뿌리에서는 얘들아! 어서 물 받아라! 하는 외침이 들리는 듯도 했다.

어제만 해도 끔찍스런 체험을 하였다. 피를 흘리는 단풍나무, 그 광경은 순간이었지만 전율이며 충격이었다. 회색빛의 매끄러운 나무를 타고 흘러내린 진갈색의 액체, 원인을 알고 보니 전날 내가 가지를 잘랐는데 잘린 자리에서 수액(樹液)이 흘러내렸던 것이다. 그것을 피로 착각했으니, 생명은 희열과 고통에 충만된 것, 그리고 영원을 향한 의지(意志), 이 공동체적(共同體的)인 의식도 착각일까.

나무를 바라보다가 장갑을 끼려고 손을 내려다본다. 손가락이 퉁퉁 부어 있었다. 참으로 손이란 쉴 새가 없는 것. 인간이 살아가는 데 가장 위대한 연장이여! 중얼거리며 나는 혼자 웃었다. 인부를 얻으면 2~3일에 끝날 일을, 나무를 다듬고 자르고 하다 보면 열심히 하노라 하는데 하루에 열 그루 정도 거름 넣기가 힘이 든다. 보채는 나무도 그렇고 나 또한 원고를 써야 하는데…… 삽을 들고 나무 둘레를 파기 시작했다.

북쪽은 얼음이 아직 덜 풀리어 땅은 딱딱하였다. 연탄 '바

꿈꾸는 자가 창조한다

께쓰' 두 개에 거름을 담아 와서 넣어주고는 흙을 메우는데 잔디가 거치적거려 뽑아서 버린다. 나무 밑동에까지 뻗어 양분을 뺏어 먹는 잔디가 괜히 밉다. 실은 빼앗아 먹는다기보다 얻어먹는 꼴이지만. 몇 해 전만 해도 실오라기처럼 갈라서 잔디를 정성스럽게 심었는데 지금 와서 천대를 하다니 나는 배신자인가 변덕쟁이인가. 잔디가 너무 강해졌기 때문이다. 균형을 깨뜨릴 지경이면 제동을 걸 수밖에 없다.

처음 잔디를 심었을 적에 심은 채 방치해둔 곳도 그랬지만 그들은 대단히 나약했었다. 잡초들이 득세하여 뻗어 나갈 자리가 없었다. 그중에서도 클로버는 잔디의 뿌리 사이로 누비고 들어가서 눈 깜짝할 사이에 잔디를 뒤덮어버린다. 그야말로 약육강식(弱肉強食)인 것이다. 나무의 경우에도 그러했다. 언덕에 무성한 아카시아를 자르고 잣나무 묘목 1백 그루를 심었다. 그러나 나무는 잘렸으되 그 나무에 기운을 공급하던 뿌리는 살아서 새순이라는 방법으로 폭발하기 시작했다.

여기저기 뿌리 간 곳마다 마치 유격대처럼 간단없이 돋아난 순은 며칠 새 한 뼘 두 뼘으로 자라 잘라도 잘라도 감당할 수 없고 나가떨어진 내 눈앞에 어느덧 잣나무를 가려버린 아카시아는 그 독기 어린 가시로 무장한 채 나를 노려보는 것이었다. 약육강식, 금년에는 가지를 자르고 약을 발라야겠다고 나는 결심을 했다. 아카시아의 꽃은 향기롭다. 클로버는 또 얼마나 사랑스러운 풀인가. 그들이 강식(強食)이 아니었던들, 공존(共存)할 수 있었던들 나는 그들을 도태하려 하지 않았을 것이다.

또 한 가지 예를 들면 가뭄에 잔디가 다 말라 죽게 되었는데 푸르름을 자랑하는 곳이 한군데 있었다. 웅덩이처럼 다소 파인 곳이었는데 늘 습기가 있어서 그랬던 것 같다. 그런데 이상한 것은 그곳 언저리가 다른 곳보다 더 한층 메말라 있다는 것이다. 결국 얕은 곳에서 물기를 착취한다는 것을 깨달은 것이다. 풍요하고 힘이 좋은 것이 가난한 약자의 마지막 것까지 빼앗는다는 이치겠다.

그러나 비가 왔다. 많은 비가 내렸을 때 빈사지경에 있던 잔디들은 삶을 찬미하듯 싱그럽게 일렁이고 있었건만 파인 그곳에는 물이 괸 채 썩고 있었던 것이다.

사람의 경우에도 그 법칙에서 예외일 수는 없을 것이다. 누구나 다 아는 상식이지만 정글에 풀이 많으면 양(羊)이 번식한다 했고 그 번식이 빠르면 풀이 모자란다고 했다. 양들이 번식하면 먹이가 많아져 사자들이 번식하고 따라서 양은 줄어들며 사자들은 굶어 죽게 된다는 것이다.

그러나 오늘까지 그들이 존속해온 것은 어떤 형식으로든 자연이 그것들을 도태하여 균형을 잡아준 덕택인데 그렇다면 이 경우 누가 강자인가. 강자만이 살아남았는가? 형편에 따라 강자와 약자의 개념은 달라지겠지만 엄연한 순환에서 벗어난 것은 아무것도 없다. 궁극적으로 생명이 존재하고 존재했을 뿐 공존(共存)과 균형을 위해서는 그 어느 것이든 가차가 없었다.

꿈꾸는 자가 창조한다

코끼리는 그 덩치의 크기 때문에 굶어 죽을 위기에 놓여 있고 빙하시대(氷河時代)에 사라진 매머드나 공룡(恐龍)도 강자이기에 살아남은 약자들 대열에 끼어들지 못하였다.

오늘 우리는 유전공학(遺傳工學)이라는 새로운 용어를 가끔 듣게 된다. 미래를 향한 인류의 진로처럼 조심스럽게 말하기도 한다. 더욱이 일본(日本)이라는 곳에서는 왕시(往時) 세계 정복을 꿈꾸며 만주(滿洲)를 병참기지로 입수했던 것과 마찬가지로 오늘 유전공학의 최첨단을 가고 있다고 한다. 그러나 한 가지 확실한 것은 무(無)에서 유(有)를 창출할 수 없다는 것이다. 두 배 크기의 소를 만든다면 두 배의 사료가 들 것이요, 머리통만 한 사과를 만든다면 그 크기만큼 지력(地方)을 공급해야 할 것이 아니겠는가. 한다면 자연(自然)의 파괴 위에서, 지구(地球)의 피폐 위에서 일본은 영화(榮華)를 누리자는 건가.

흔히 하는 말에 칼보다 펜이 강하다고 한다. 지당한 말이다. 해서 세계 도처에 지성(知性)과 지식(知識)은 기라성만큼이나 많은데 옛날에는 이들의 가치관 사상 진리 학식 따위가 밑바닥 백성들에게 깔릴 무렵이면 이미 상층에서는 그런 모든 것의 가치관은 마각(馬脚)을 드러내게 된다. 그만큼 하향(下向)의 시기가 길었고 따라서 새로운 준비, 새로운 것의 싹이 트여 있었다고 볼 수 있겠는데, 그러나 오늘은 어떠한가.

눈이 부시게 빠르다. 숨이 차게 다그쳐 온다. 준비는커녕, 싹은커녕 미처 써보지도 못하고 쓰레기 더미에 밀어붙인 채 뛴다. 계속하여 밀려오는 물결과 누적되는 시행착오, 지성과 지식인은 진정으로 눈부신 신세계(新世界)를 믿고 있는가. 그리고 뛰고 있는가.

제발 일본은 본받지 말았으면 좋겠다. 강자가 먼저 붕괴할 것이다. 그러나 사실 강자는 없는 것이다. 생명이 생존을 지속하는 한에 있어서, 만일 강자가 마지막에 살아남는다면 그것은 생물의 종언을 의미할 것으로 나는 생각한다.

(1984. 3. 23)

꿈꾸는 자가 창조한다

9. 높이, 멀리 나는 도요새

20대 이후 가팔랐던 생활 탓이었는지 노래를 배울 겨를이 없었고 기억에 남아 있는 노래 같은 것도 거의 없다.

6·25 당시 고향에 피란 갔을 무렵 전진(戰塵)을 미처 털어내기도 전에 들은 음악이 아득하게 멀고 무감동했던 것을 지금도 잊지 못한다.

근자에 와서 우리는 싫든 좋든 텔레비전에서, 라디오에서, 다방 같은 곳에서, 혹은 차 속에서, 심지어 길거리에서도 매일같이 흔하게 듣는 것이 가요다. 더군다나 무슨 순위에 올랐다 하면 오나가나 귀가 따갑도록 되풀이하여 들려오는 곡목. 그러나 열 번 스무 번 그 이상을 들어도 들을 그때뿐이지, 가사 한 줄, 멜로디 한 토막 내 마음속에 남아 있는 것이 없다. 아마 기억 감퇴의 현상이 아닌가 싶다.

그랬는데 요즘 이상하게 머릿속에서 맴도는 노래가 있는 것이다. "을지로에는 사과나무를 심어보자, 아아 아 우리의 서울"이 그것이며 또 하나는, "가장 높이 나는 새, 가장 멀리 나는 새, 도요새 도요새."

가사가 정확한지 모르겠다. 그나마 기억하고 있는 것은 그 구절뿐이다. 사과나무를 심어보자, 그 목청이 울릴 때마다 나는 어린 날 그림이 아름다운 동화책을 펴보던 순간의 황홀함과 비슷한 감정을 느낀다. 그러나 그것은 순간이요, 말할 수 없는 비애와 분노에 휘말린다. 을지로에 사과나무를 심어보자고?

서울, 과연 우리의 서울은 있는가. 사탕발림도 유분수, 신경을 긁는 데도 한량이 있는 법이다. 온갖 질병을 앓으면서 단발마와도 같이 흉측스럽게 변모되어가는 서울, 땅속에도 하늘에도 두꺼운 오염이 막을 이루고 머지않아 유령도시의 목쉰 신음 소리라도 들려올 것 같은 것을 상상하게 하는 서울, 그 도시에는 지금 통 속에 든 미꾸라지처럼 1천만에 육박하는 인구가 몸부림치고 있는데, 그게 찬미하고 사랑하는 우리의 서울이겠는가.

을지로 죽어버린 땅에 사과나무를 심어보자고? 차라리 처참한 느낌마저 든다. 십여 년 전 산등성이에 진딧물같이 다닥다닥 붙은 집들을 멀리 바라보면서 집 한 채를 중심으로 하여 서너 채 정도씩 솎아내어 나무를 심었으면 하고 나는 공상한 일이 있었다. 그러나 십여 년 동안 솎아내지 못한 이유(빈곤)

꿈꾸는 자가 창조한다

를 짓이기듯 서울에는 너무나 엄청난 양의 시멘트를 쏟아부은 것이다.

산등성이 다닥다닥 붙은 판잣집, 두 팔 가지면 살 수 있는 그곳에 향수를 느낄 지경으로, 나는 전문가가 아니어서 정확하게 아는 것은 없으나 짐작하기에 서울을 때려 부수고 다시 건설을 하자면 해체의 비용만으로도 천문학적 숫자가 될 것이다. 게다가 해체물(解體物)을 어디다 처분할 것인가. 바닷속도 우리가 사는 현장이요, 산꼭대기도 우리가 사는 현장이고 보면 지구 밖으로나 내다 버릴 판국이다.

버릴 수도 살 수도 없게 된 서울, 엉거주춤 뭉개고 앉아서 대전이다, 어디다 하며 수도 이전 얘기가 알쏭달쏭 나돌기도 하는 모양인데 언제까지 유지될까. 시간문제만 남아 있는 게 아닐까. 하나의 도시가 그것도 수도가 수백 년을 두고 생성해 온 것이라면 이십여 년 동안을 순간으로 볼 수 있고, 바로 십여 년이란 순간에 서울은 치명상을 입은 것이다. 가난이라는 강박관념이 저지른 범행이다.

우리는 무엇과도 바꿀 수 없는 서울을, 국토를, 그 소중함에 비하면 푼돈에 불과한 것을 벌기 위하여 나락이 도사린 발전을 위하여, 따지고 보면 목구멍이 포도청이라 오늘 먹기 위하여 미래를, 내일을 저당 잡힌 꼴일까. 일본의 츠치다 다카시(槌田劭) 교수가 쓴 『공업사회의 붕괴』속에 산림지대를 개간하고 유휴지를 경작한다면 일본 인구가 2억이라도 먹여 살릴 수 있다고 했다. 유기농업을 주장하면서도, 그 말은 우리에게 의미심장한 것이다.

"가장 높이 나는 새, 가장 멀리 나는 새," 서울 가는 차 안에서 그 노래를 들었을 때 나는 마음속으로 흐느꼈다. 그것은 생명의 애처로운 비상이었기 때문이다. 『토지』에서도 몇 차례인가 나는 도요새에 대해 쓴 일이 있었다. 그러나 도요새의 얘기를 쓰자면 상당한 지면이 필요하겠기에 생략하기로 하고 하여간 가장 높이 나는 새, 가장 멀리 나는 새, 그 노래를 듣는 젊은이들은 과연 높은 곳이 무엇인지, 먼 곳의 뜻을 어떻게 헤아리는지 나는 몹시 궁금하다.

새는 날갯죽지 하나로 망망대해, 수만 리 장천(長天)을 목마름과 배고픔과 또 무서운 폭풍을 견디며 자신의 삶을 구현하는데, 그 높고 먼 곳을 행여 야망의 상징으로 생각하는 것이나 아닐는지. 높은 곳은 출세요, 먼 곳을 정복이라 생각하는 것이나 아닐는지. 오늘처럼 많은 부모나 사회 전반에서 젊은이들을 야망으로 내모는 경우도 드물 것이다.

야망 자체도 내용 면에 있어서 상당히 전과는 달라 자연을 벗 삼아 심신을 단련하고 진리를 추구하며 천하경륜의 뜻을 키우느니보다 방 속에 죄인 가두듯 시험과목을 달달 외워 일류 대학을 지향하게 하는 풍조, 아니면 이류를, 그것도 안 되면 삼류를, 인생의 결정을 오로지 시험이 한다는 응고된 관념으로 세상은 병들어가고 있는 것이다.

이 물결은 너무나 거세어 땅에 발을 붙이려는 사람들까지 휩쓸어 간다. 해서 삼류대학에 간 아들을 위해 부모는 빚을

꿈꾸는 자가 창조한다

얻고 파출부로 뛰고 소를 팔고 밭뙈기를 판다.

날갯죽지 하나로 자신의 삶 전체를 구현하는 새, 대학의 문 안과 문밖의 차이가 있을 수 없으련만 생명의 원천인 흙 한 줌보다 지폐 한 장이 소중하다는 생활철학에 찌든 현실에서 는 문안과 문밖이 있을 뿐 하늘도 없고 땅도 없다. 따라서 문 안에서는 쓸모없는 지식을 채워 머리통만 커졌지, 삽자루 하 나 안 잡는 왜소한 인간을, 한 분야만 파고들어서 한 부분밖 에는 볼 수 없는 무식한 전문가를 양산하고 문밖에서는 자신 의 삶을 장난감 망가뜨리듯 어렵잖게 내동댕이치는 추세가 현저한데, 이들 양자가 어찌 높이 멀리 나는 도요새를 알까 보냐.

일부에서는 요즘 청소년들이 편지 한 장 변변히 못 쓰는 것 은 전화 탓이요, 객관적 입시제도 탓이라 왈가왈부하는데, 물 론 그것도 사실이긴 하지만 글이란 생각의 흔적이다. 삶에 대 한 애환과 생명에 대한 깊은 통찰력 없이 생각의 샘에 물이 괼 수는 없는 것이다. 출세라는, 돈을 번다는 상자에 넣어진 사고방식, 그 상자는 일본의 전자제품같이 날로 작아져간다.

그 상자에서 뛰쳐나온 자만이 우주를 느끼고 높이, 멀리 나 는 도요새의 그 뜨거운 생명을 알게 될 것이다. 생명은 우주 를 포용하고 간다. 인간도 초목도 벌레까지, 그리고 우리는 도달하는 것이 아니며 영원히 가는 것이다.

옛날 노인이 말하기를 이야기는 거짓말이라도 노래는 다 참말이다, 오늘 글을 잘 쓴다는 전문가들보다 옛 노인이 먼저 더 정직하게 예술의 본질을 체득했던 것이었을까.

아아, 그러나 지금은 노래도 거짓이로구나. 독백하며 일어서보니 밖에서는 봄비가 내리고 있었다. 겨울을 견뎌낸 나의 나무들이 환희에 차서 간지럽게 일렁이고 있었다.

(1984. 4. 6.)

꿈꾸는 자가 창조한다

10. 온유한 모성은 어디로

    서문고개를 넘어 할아버지 댁으로 가면서 팔이 훤하게 드러나는 은조사 적삼이 민망하여 깨끼저고리로 만들지 않았던 어머니에게 내내 짜증을 부렸던 생각이 난다. 까마득한 옛날의 일이지만 그 무렵의 기억들은 장롱에 간수한 진솔 옷가지처럼 오늘까지도 비교적 가지런히 남아 있다. 그러나 그런 기억과는 다르게 느닷없이, 아무런 동기도 없이 찾아오는 것이 있다.

    내 고향의 한가로운 신작로, 초여름의 가로수 밑에서 펴들었던 손수건의 냄새라든지, 하숙집 우물가에 있던 두레박의 녹슨 듯한 빛깔이라든지, 기숙사 문 옆의 한 그루 포플러가 찢기는 듯 미친 듯 석양을 가득 안고 흔들리는 모양이라든지, 졸린 한낮에 울려오던 석수(石手)의 반복되는 그 망치 소리 같은 것. 그것들은 마치 요즘 영화에서 흔하게 보는 타임머신 이라던가? 시간을 반대로 돌려서 도달한 현장의 실제 감각과 흡사한 것이지만, 그러나 그것은 순식간에 불과한 것이다. 기억처럼 더듬어본다거나 붙잡아서 생각의 실마리를 풀어나간다거나 그럴 수가 없다.

잡으려 하면 할수록 손끝에 닿았다 날아가는 나비처럼, 안개처럼 사라져버린다. 그리고 허망한 상실감에 자신이 남겨진 것을 깨닫게 된다. 허공을 휘젓는 것 같은 안타까움, 그 안타까움이야말로 글 쓰는 사람에게는 때에 따라서 피투성이 같은 고통으로 변한다. 결국 그 글이란 엄밀한 뜻에서 삶 뒤에 오는 시체 같은 것인지 모르겠다. 끝없이, 수없이 시도해보지만.

작년 늦가을이었던지, 시간이 꽤나 흘러서 그때의 기억과 감동도 많이 엷어졌지만 서울 가는 고속버스 속에서 본 풍경이 때때로 생각난다. 고속도로 둑 밑의 협곡 같은 곳이었다. 가느다란 길 한줄기 위로 중년이 채 못 되는 남자를 선두로 빨간 재킷을 입은 여자, 그다음은 예닐곱, 여남은 살 정도로 짐작이 되는 두 여식 아이가 일렬종대로 가고 있었다.

차 안에 있는 내 눈에는 그들 뒷모습만 보였다. 친척이나 큰집 생일 밥이라도 먹으러 가는지 으스스 바람이 불고 낙엽도 더러 휘날리는 이른 아침이었다. 어디서나 볼 수 있는 농촌의 가족들인데 무엇 때문에 나는 고개를 비틀어가면서 그들 모습이 시야에서 사라질 때까지 바라보았던 것일까.

꿈꾸는 자가 창조한다

그때 만산(滿山)은 홍엽(紅葉)이었다. 단풍은 불붙고 있는 것만 같았다. 산마루를 하나 돌면 다시 새로운 산이 나타났고 들판이 전개되었다. 마을이 오면 밭이랑이 달아나고, 강물이 사라지면 구름이 다가오고, 오고 가는 것이 생과 사의 눈부신 수레바퀴로 느껴졌으며 오래간만에 나들이하는 내 마음이 깊은 밑바닥에서 입술을 깨무는 것 같았다. 슬픔도 아니었고 설렘도 아니었다. 굳이 말한다면 전혀 모르는 감정이었다고나 할까.

팔을 뻗어도 뻗어도 어느 것 하나 내 품에 들어오는 것이 없다. 그 어떤 것도 확인이 안 되고 소유한 흔적조차 없다. 무한하고 찬란하며 불가사의한 자연 또한 나를 소유하고 확인하려 하지 않는다. 무심한 길손처럼 서로 쳐다보면서. 무진장한 생명들은 아우성을 치는가, 침묵의 늪에 빠져버렸는가. 누가 아우성치는 뭇 생명들을 몰고 오는 것일까, 누가 있어 저 침묵의 늪에 빠진 생명들을 몰고 가는 것일까. 기껏해야 우리는 흙 한 줌 손바닥에 올려놓고 들꽃 한두 송이, 그리고 두 손 모아 떠 마시는 한 모금 샘물 정도인 것을. 자연은 항상 우리 곁에 있지만 황천만큼이나 머나먼 곳에 있다. 그것은 인간의 영원한 목마름과도 같은 것인지 모른다.

누군가가 있어서 풍성한 성찬을 베푼다고 생각한다면 그것은 환상일 것이며, 또 누군가가 있어 기아선상을 헤매게 한다는 생각도 환상이리라. 무궁무진한 자비를 믿는 것도 착각이려니와 골수를 뽑아내듯 냉혹하다고 단정함도 속단일 것이다. 자연은 타자(他者)인 동시 기실은 우리의 골육인 것이다. 인간과 인간의 관계도 따지고 들면 그 범주에서 벗어날 수 없는 것이겠지만 생명의 신비는 열쇠 하나를 쥐여주었던 것 같다. 생명을 길러라! 무상(無上)의 업이요, 무상의 희열이요, 무상의 고통일지라도, 또 소유는 아닐지라도 확실한 것만은 틀림이 없다. 기르는 것은 내 안에 있는 것이기 때문이다.

내가 고개를 비틀어가면서 시야에서 사라질 때까지 일렬종대로 가던 그들의 뒷모습을 바라본 것은 바로 저것이 목마름을 축여주는 청량수요, 구원이라는 생각 때문이겠으나 무엇보다 그것은 아름다운 것이었다. 그들이 아름다울 때 자연은 그들 가까이에 있다. 이른 봄 파릇파릇 새싹이 돋아나는 논둑 너머 논갈이하는 어미를 졸졸 따라다니는 송아지를 보고 평화스럽다, 아름답다 하고 생각하는 사람은 많을 것이다. 찢어져라, 벌리는 새끼 주둥이에 먹이를 물고 와서 넣어주는 어미 새를 볼 때 그것이 축복임을 알게 된다.

싱그러운 꽃을 피우고 많은 열매를 맺은 나무는 이듬해 초라한 열매 몇 알밖에는 맺지 못하는데, 그 이유를 우리는 안다. 옛사람들은 비행이나 비정을 꾸짖을 때 지식 키우는 사람이 그래서는 안 된다고 했다. 또 착하고 따뜻한 마음씨를 칭찬할 적에 자식 키우는 사람이라 다르다고 했다. 생명을 기르는 온유한 눈빛은 지금 어디로 갔는가. 상자 속 같은 아파트에서 공부하라고 아이들을 다글다글 볶아대는 엄마, 남에게 이겨야 한다는 것이 금과옥조다. 엄마뿐이랴, 세상이 모두 그

꿈꾸는 자가 창조한다

렇게 흘러가고 있다. 그리고 이른바 이긴 사람들은 하나님이 그들에게만 성찬을 베푸셨다고 은연중 생각하며 신을 공범자로 쉽사리 변조할 것이다.

소젖을 먹고, 가공식품을 먹고 자라나는 아이들, 장차 그들은 어쩌면 산고에서 해방될 것을 계책할지 모를 일이다. 모든 것은 상자 속으로 들어가기 시작했다. 유형무형 모두가, 닭도 돼지도 소도 어미 노릇을 안 하게 된 지 오래인 것 같다. 사람도 짐승도 모두 그런 물결을 타고 신비가 쥐여준 열쇠는 어디다 버렸을까. 언젠가 나는 자연에 도전한 인간들은 자연에 의해 보복을 당할 것이란 말을 한 적이 있다. 그러나 그 생각이 옳지 못했음을 느꼈다. 자연은 변함없는 길손이며 친절하지도 불친절하지도 않다. 설령 지구가 깨져버린다 할지라도 우주는 침묵할 것이다. 사람은 자기 자신에 의하여 보복당할 것이다. 열쇠를 쥐고 있는 것은 인간이며 또 열쇠를 버리는 것도 인간이기 때문이다.

(1984. 4. 6)

11. 씨앗을 닮으려는 흙일은 즐겁다

"덜 서러워서 눈물이 난다. 참말로 큰일을 당해보제? 눈물이 나는가."

삼베 치마 어석거리는 소리를 내던 여인네들, 어릴 적에 어디서나 만날 수 있었던 여인네의 음성은 아직 내 귀에 생생하다. 세상은 변했다고들 한다. 인간의 고뇌도 변하였는지, 그러나 제아무리 발전하였다고는 하나 도구와 연장은 필경 그자체에 불과한 것으로서 사람은 변함없는 삶을 되풀이하고 있을 뿐이란 생각이 든다.

덜 서러워서 눈물이 난다. 조금도 틀린 말이 아니다. 큰일보다 오히려 사소한 일에 상처에 받고 절망에 빠지고 하는 것이 우리의 일상(日常)이기 때문이다.

1·4 후퇴 당시 어린것들을 신고 떠나려는 오로지 그 일념

꿈꾸는 자가 창조한다

에서 자전거의 타이어를 뽑아내고 판자 각목 따위, 심지어 장롱을 부수고 횡목(橫木)까지 뜯어내어 만들었던 리어카는 타이어의 바람이 빠져 허사가 되고 말았던 일이라든가, 신발에 새끼줄을 감고 부교(浮橋)를 건너갈 때 살얼음이 언 부교에서 미끄러진다면 저 넘실거리는 한강 물속에서 나는 영원히 휴식하리라, 그때 강렬히 엄습해온 죽음에 대한 유혹, 그런 숱한 재난과 액운 속에서는 눈물을 아니 흘렸다.

주저앉지도 않았고 헤쳐나온 것을 생각한다면 어쭙잖은 말 몇 마디, 조그마한 속임수, 표리부동한 사람의 양면성 같은 것에 상처를 받고 절망을 느낀다는 것은 도시 우스꽝스럽다 하겠는데, 그뿐만 아니다. 막연하고 정체불명의 비애 같은 것. 부딪쳐볼 수도 없고 실재하는지조차 알 수 없는 머나먼 구름, 아지랑이 그런 현상도 아닌 허구(虛構)의 근원(根源)과 종말(終末) 때문에 마음이 병든다는 것은 일종의 호사 같은 것이나 아닐는지, 바위가 굴러와서 발등을 누른다면 즉각 혼신의 힘을 다하여 발을 빼내는 행동에는 생각의 여유가 없다.

결국 사소한 일이나 막연한 것에서 오는 절망이란 생각이 빚어낸 고통인 성싶다. 나는 수차의 엄청난 일들을 겪는 그 와중에서 마음의 평형을 경험한 일이 있다. 사람마다 다 겪어본 일이겠지만 그런 경우 체념(諦念)일 수도 있었고 굳은 신념(信念)에서 오는 수도 있겠으나 모두 나를 버린다는, 모든 것을 던져버린다는 거미줄 같은 희망까지도 끊어버린다는 결심에서 얻어지는 평형이었다. 어쩌면 그것은 가장 절실했던 삶의 순간들이었는지 모른다.

　진실로 나를 병들게 하는 것은, 그리고 이 세상에서 가장 가녀스럽고 잔바람에도 찢어질 것 같은 마음을 느끼게 하는 것은 태풍이 지나간 뒤 내 주변을 인식하고 심신(心身)의 굶주림을 채우려 할 때, 즉 생각이 항하사(恒河沙)만큼이나 피어오를 때인데, 그것은 크나큰 허무의 아가리였다. 사물에 접근한다는 것은 항하(恒河)의 모래 한 알 주워드는 것보다 못하였고 눈에 보이지 않는 세균처럼 외로움이 나를 기어이 쓰러뜨리고 말 것이란 공포를 느끼게 된다. 사람들은 적당히 한다는 것으로 자신들을 달래면서 살아가는데, 기질을 잘못 타고 났는지 그렇게 자신을 달랠 수 없었기 때문에 나는 항상 불행했을 것이며 때론 마음의 자유를 누릴 수 있는 행복한 순간도 있었는지 모른다.

　언제였는지 내가 형편없는 몰골을 하고서 흙일에 열중해 있을 때 찾아온 사람은 적잖게 놀라는 표정을 지으면서, 선생님, 오래 사시려고 일을 합니까, 하고 말했다. 처음엔 어리둥절했던 나는 곧 분개를 했다. 상대가 관리였기에 더욱 그랬는지 모른다. 요즘 유행인 헬스클럽에서 하는 운동으로 착각한 그 사람의 사고방식이 한심스러웠던 것이다.

　어디 그 사람뿐이랴. 대개 모든 사람들은 일하는 내 꼴을 보면 의외(意外)라는 표정이었고 이곳의 어느 소녀는 이른바 여류작가인 나를 보고 실망했다는 말을 서슴지 않았다.

　목걸이하고 귀고리하고 매끄러운 손에 매니큐어나 하고

있어야만 여류작가냐? 하면서는 고소(苦笑)를 금치 못하였지만, 사실 나 자신 그러고 싶기도 하고 그렇게 하려고 노력도 해보았으나 외출복 차림의 피곤함과 권태 때문에 끝내 밀착이 안 되었고 마음의 허기를 채워주지도 않았다. 내 경우 일을 한다는 것은, 글을 쓰는 것도 포함하여 움직임과 생각의 평행(平行)이다. 손은 손대로 움직이고 생각은 생각대로 움직인다. 흐트러진 것을 한곳에 모으고 응고된 것은 풀어헤치고 모자라는 것은 불러오고 넘치는 것은 잘라버리고 하여 실재(實在)에 접근해보려는 과정으로 생각된다.

그리고 심신일체(心身一體)의 가능을 모색하는 것이기도 한 것 같다. 결국 도달하게 되는 것은 두 주먹이 실재라는 결론이다. 실재란 생명 이외 뭐가 또 있겠는가. 그리하여 만들고 길러주고, 반복되는 행위에서 희열을 느끼는 순간 비로소 나는 자유로움을 깨닫고 해방이 되는 것이다. 모리악은 소설가란 하나님을 닮으려는 사람이라 했다. 그러나 나는 씨앗을 닮으려는 사람이라 할 수 있을 것도 같다. 씨앗이 함축하고 있는 신비는 하나님의 신비이기 때문이다.

아침부터 끊이지 않고 비가 내린다. 이 글을 쓰게끔 비가 내리는 것만 같다. 해가 중천에 떠 있다면 나는 이렇게 차분히 방에 앉아서 글을 쓰지 못했을 것이다. 작년 여름 손자들이 대야에 물을 떠놓고 물놀이를 했을 때 그 애들을 위해 연못 겸 풀장 같은 것을 만들어야겠다고 작정을 했기에 날이 풀리자마자 일꾼들을 불러와서 거실 앞에 지름 3~4m쯤 되는 사발 모양의 연못을 팠는데, 비닐을 깔고 콘크리트를 하는 데까지는 일꾼과 나의 합작이었다.

형태가 잡힌 뒤부터 나 혼자 매일 찌그러진 모자를 쓰고 작업을 하였다. 재작년 축대를 쌓기 위해 많은 돌을 들여왔을 때 헤쳐가며 골라서 모아두었던 청석(靑石)을 연못 둘레와 바닥에 붙이는 작업이었다. 어찌나 그 일이 즐거웠던지 아침 일찍이 해 저무는지도 모르게, 덕분에 손은 코끼리 가죽같이 되어버렸지만.

창문을 열고 내다보았다. 몇 번을 내다보았는지 청석들은 빗물에 젖어 아름다웠고 바닥에는 제법 물이 괴어 있었다. 빗속에 산수유가 만발하고 덩달아 개나리 진달래도 꽃망울을 열었으며 과수도 개화(開花)를 서두르고 있었다. 불을 질렀던 잔디밭도 한결 빛깔이 달라졌다. 씨앗을 뿌린 밭에는 싹이 트고 어제까지도 보이지 않았던 것들, 어쨌든 봄맞이 준비는 식물도 나도 끝을 낸 셈이며 여름맞이를 시작한 나는 비 탓으로 원고를 쓰고, 저녁에는 끊어다 놓은 광목으로 작업복이나 만들어야겠다.

(1984. 4. 20)

꿈꾸는 자가 창조한다

12. 외유내강

30년 전쯤 될 것 같다. 글을 쓰기 시작할 무렵이었으니까. 지금은 없어진 잡지지만 Y 잡지사가 있던 건물에 무슨 여성 단체 사무실이 있었던 것으로 기억되는데 층계를 오르내리며 마주치게 되는 얼굴은 물어보지 않아도 짐작이 갈 만큼 여성운동에 종사하는 사람의 독특한 분위기를 지니고 있었다. 외강내유(外剛內柔)라고나 할까? 적절한 표현은 아니지만 어쨌거나 그분들이 그런 단체에 참가하게 된 것에는 그만한 이유가 있을 것이요, 동기도 있었을 것이다. 또 사명감이나 신념이 있었을 것은 두말할 나위 없겠다.

동란이 끝난 지 얼마 되지 않았던 당시는 모두가 참 어려웠다. 그중에서도 전쟁고아, 전쟁미망인들의 처지가 가장 참담하지 않았나 싶다. 과부라든가, 미망인이라는 호칭에 업신여

김이 포함되어 있는 그 역사적 통념이 가시지 않았던 땅. 남과 같은 품삯을 지불받고도 여자가 일을 부탁하면 일꾼들은 자존심을 상해하는 풍토에서 어린것과 노인을 두 팔에 껴안은 것 같은 심정만으로 가진 것 하나 없어 허허로운 벌판에 서야 했던 젊은 날, 옷깃을 세워도 목덜미에 찬바람이 기어드는 것만 같았던 어두운 젊은 날, 여성운동으로 치닫고 싶은 충동을 느낀 것이 어디 비단 나 혼자뿐이었겠는가.

그러나 그 층계에서 마주치곤 했었던 여성들은 왜 그렇게 춥게 보였던지 굳이 말한다면 뭔지 모르지만 결핍되어 있는 상태라고나 할까. 그것은 사회의 실상이 여성운동을 역행으로 보려드는 고독한 싸움이었기 때문인지 모른다. 그러나 사물을 부분적으로 본다거나 감정으로 밀고 나가려는 면도 없지 않았던 것 같았다.

결국 불평등을 자인하는 것에서 오는 굴욕감, 패배감뿐일 것이란 내 판단은 지극히 냉정한 것이었다. 하지만 개인을, 자신을 향한 시각에는 편견이 있을 수도 있으나 다수를, 혹은 전체를 볼 때 편견은 새로운 갈등과 끝없는 싸움으로 치닫게 되고 설사 방편이 여러 가지 있을 수 있다 하더라도 목적은 생존해야 할 생명에 말뚝을 박아야지, 그리하여 인간의 문제로, 인권으로 집약되어야만 인간인 여성도 따라서 해방되는 것 아닐까.

오늘 우리는 고달픈 남의집살이, 얼마간의 노임으로 집에서 놀고먹는 횡포한 남편의 술을 사 가는 여성을 흔히 보지만

꿈꾸는 자가 창조한다

다른 한편으로는 중동(中東) 열사(熱砂)와 싸워서 보내지는 고혈과도 같은 돈을 탕진하고 바람까지 난 아내 때문에 자살하는 남편 얘기도 듣는다. 물론 여자가 자고로 더 많은 핍박을 받아온 것이었지만, 문제는 본질부터 풀어야지, 매듭이란 생길수록 막히는 것이다.

내가 여자이기 때문에, 또 글을 쓰는 처지이고 보니 여성에 대한 질문을 던지는 이가 간혹 있다. 대개는 인권 문제로 밀어야 한다고 얘기를 잘라버리지만, 때론 점점 더 노예로 돼 간다 할 때도 있는데 그러면 상대는 어리둥절해한다. 어리둥절해하는 것은 당연하다. 중간층에서부터 외형이나마 여성들이 많이 자유로워지고 많이 해방된 느낌을 주기 때문이다. 의식으론 해방되지 않았으면서 화폐로 인한 해방의 양상은 과연 어떠한가. 왜 내가 노예라는 극단적인 표현을 했는가 하니 화폐란 의식을 말살하고 노예근성을 유발하는 속성을 지니고 있기 때문이다.

우리는 쉽사리 언어를 통하여 그 치부를 볼 수 있다. 남존여비(男尊女卑)가 철저했던 한 세대 전을 훨씬 능가하는 언어구사는 그야말로 파격적이라 할밖에 없겠다.

자유당 때 어느 여성 잡지에 실렸던 모 고관 부인의 수필을 읽은 적이 있다. 상당한 교양인으로 생각한 그 부인의 글은 남편에 대하여 하시고, 자시고 그런 식이었다. 남편이 고관이라 그랬을 테지만 대한민국에서 유일인(唯一人)은 아닌 것이다.

대통령을 위시하여 자기 남편보다 위계가 높은 사람도 적지 않았을 것이요, 잡지란 공기(公器)이기에 어떤 사람이 어떤 기회, 어느 곳에서 읽을지 모르는 것이 글이다. 독자 중에는 연로하신, 지혜로운 사계의 권위자, 심지어 자신들의 문중 어른도 계실 수 있을 것이다.

많이 자유로워지고 많이 해방된 것에 대한 대가를 치르는 행위일까. 그렇다면 남편은 사랑과 인격의 대상이기보다 남에게 뽐내는 허영의 대상일까. 여기서 우리는 외유내강의 한 주부상을 보게 된다. 부드럽게 만강의 경의를 표하지만 내부에서는 에고이즘이 도사리고 있는 것이다. 휴머니즘에서 비롯된 예절이 허위로 떨어질 때, 과장될 때 우리는 분반(噴飯)할 어릿광대를 보는데, 그 뒤에 도사린 것이 실리라면 무서운 일이다.

무너져버린 제반(諸般) 가치관에서 풍향을 잘못 잡은 이 같은 현상은 해방 후 일확천금을 거머쥔 졸부들의 조작으로 보는데, 그런 일부의 그릇된 것을 텔레비전은 매일같이 전국 방방곡곡에 전파하여 이제는 그렇게 안 하는 사람이 상것이 되어가고 있는 것이다. 남이 하니까 한다는 개성 없는 시대, 모두 뛰니까 불안해서 안 뛸 수 없는 시대, 외강내유이든 외유내강이든 각각 아름답고 좋은 측면은 심성에 연유하는 것으로서 만일 이해나 허위의 연장이 되어버린다면 흉기일 수도 있을 것이요, 녹이 슬어 못 쓰게도 될 것이다.

(1984. 5. 2)

13. 지나치면 되돌아오고,
못 미치면 더 걷고

아침 일찍 시내에 볼일이 있어 나갔다가 돌아오는데, 아차 하는 사이 버스에서 내릴 기회를 놓치고 한 정류장을 더 가버리고 말았다. 그런데도 뭐, 별로 억울한 생각이 들지 않았다. 가까운 길을 취하기 위해 논둑을 따라 퐁당퐁당 논물에 뛰어드는 개구리를 보면서 집으로 돌아왔다. 다음 날 아침 역시 시내로 나갔다가 돌아오는 버스에서 어제와 같은 바보짓을 안 하려고 잔뜩 마음을 도사렸는데, 웬걸 이번에는 두 정류장이나 앞서 내린 것이다. 할 수 없다는 생각을 하며 짐을 든 채 발길을 옮겼다.

그러나 나 자신에게도 화낼 줄 모르고 쉽게 체념해버리는 것이 서글프긴 했다. 두 정류장뿐만 아니라 집에 닿으려면 한참을 더 가야 하는데, 거추장스런 짐까지 들고, 다시 버스에 올라탈 궁리도 해봄 직한데 휘적휘적 걷는 나 자신, 신열(身熱)과도 같았던 그 숱한 분노, 전율하던 의지(意志), 정녕 그런 것들을 이제는 상실했는가.

논둑길과는 달리 이발소, 식료품, 부동산중개(不動産仲介), 건축자재(建築資材), 식당, 그런 간판들과 낡은 공장 건물 옆을 을씨년스럽게, 아침 공기가 서늘해 두꺼운 옷을 입고 나갔기에 햇볕이 따가워지면서 땀을 흘리는 내 몰골하며, 흡사 구멍 난 투구에 창은 부러지고 말을 잃은 노병사(老兵士)나, 더듬이 잘린 한 마리의 벌레가 되어 내가 가고 있는 것만 같다. 비애(悲哀)라 할까, 적요(寂寥)라 할까, 그런 것이 저항도 반발도 없이 전신에 스민다. 오늘의 이 즐비한 간판들이 현실(現實)이다.

논물에 뛰어드는 개구리는 결코 현실이 아니다. 빨리 내 성(城)으로 달아나야지. 느닷없이 그런 생각을 하며 걸음을 빨리 했다. 그러나 내 안에도 간판을 필요로 하는 사태가 벌어지고 있었다. 봄에 퇴비를 듬뿍듬뿍 주어서 나무들은 싱싱한 것 같았지만 헤치고 보니 가지 사이사이에 수많은 벌레들이 달라붙어서 나무들을 괴롭히며 나를 비웃고 있었다.

키가 낮은 회양목이나 채소는 해마다 겪는 일이어서 하루 한 차례 돌아가며 벌레는 잡아주지만 손이 닿지도 않거니와 수많은 나무들을 내 두 손으로 감당하기란 거의 불가능하다. 이사 온 지 5년—. 처음 농약을 한 번 뿌리고는 용하게 버티어 왔고 채소나 과수(果樹), 정원수들은 모두 건강하게 자라주었는데, 퇴비로 지력(地力)을 북돋워주는 것만으론 안 된단 말인

꿈꾸는 자가 창조한다

가. 분무기와 농약을 사러 나가는 내 마음은 우울하고 절망적인 것이었다.

농약 상점에는 소형(小型)으론 어깨에 메고 조작(操作)하는 것밖에 없었다. 자신(自信)이 없었으나 농약과 분무기를 사 들고 돌아오니 하루 걸러서 나를 도와주러 오는 아주머니가 화를 벌컥 내는 것이었다. 그 표정은 말 안 듣는 아이를 쥐어박는 것 같은 그런 것이었다.

"나중에 어쩌려고 이러시오. 너무 몸 생각을 안 해요! 이걸 메고 어떻게……."

"아, 아주머니, 조금씩 넣고 하면 되잖아요."

"아무 말씀 마시고 바꿔오세요. 내가 젓고 선생님은 다니면서 뿌리고, 긴 호스가 달린 그것 말입니다. 원, 남정네들이나 그걸 메고 하지."

내쫓기다시피 나는 집을 나왔다. 평소에도 집에 풀 나게 안 할 테니 제발 들어가라고 등을 밀다시피 했던 아주머니였다. 농약 상점에서는 농부와 아낙도 아니요, 손은 막일에 거칠어지긴 했어도 차림새는 도시풍(都市風)인 나를 더군다나 여자인 만큼 짐작이 안 간다는 분위기였다.

나대로 서투르게 더듬더듬 설명을 하고 있자니까 이방인(異邦人)만 같이 뭔지 모르지만 목이 메는 것 같았다. 아무튼 두 사람이 조작(操作)한다는 그 분무기로 바꾸기로 결정하고 상점의 청년이 조립을 시작했다. 무식한 나는 그 조립의 과정이 매우 복잡한 것 같아 두려워지기 시작했다.

두려움을 삭이느라 택시가 누비고 지나가는 시장 거리를 바라보고 있었다. 시간은 흐르고 분무기의 조립은 뭔가 잘못되었는지 여간해서 끝나지 않았다. 끝나지 않았을 뿐만 아니라 시험을 하면 엉뚱한 곳에서 물이 터지곤 한다. 나는 혼잣말처럼 중얼거렸다.

"장사하는 분에겐 안 됐지만 이래 가지고 어찌 살겠어요. 농약이 안 팔리는 세상이 될 수 없을까."

청년은 내 어리석은 말에 아무 대답도 하지 않았다. 또다시 많은 시간이 흘렀다.

"안 되겠어요. 복잡한 것 나 못해요. 이거 도로 가져갈래요."

바꾸려고 가져간 것을 집어 들었다. 상점에서는 고장 나거든 가져오라며 친절히 말하고 조립하던 것에서 손을 놓았다. 정말 할 수 없는 일일까. 돌이킬 수 없는 일일까. 내 뜰 안에서만이라도, 했었던 노력(努力)은 그야말로 태산을 성냥개비 하나로 떠받치려 했던 짓이었을까.

경운기 소리가 요란하다. 논에 모를 심는 농부들의 모습이 내 방에서 보인다. 손바닥만 한 땅에 경운기를 마구 들여다 놓고 산간(山間) 형편을 개탄하며 산유국(産油國)의 왕이 형님이라도 석유를 못 당할 것이다. 귀농(歸農)한 어느 퇴역법관(退役法官)이던가, 그분이 쓴 글이 생각난다.

희부연 하늘, 오늘따라 치악산(雉岳山)이 내게는 아름답게 느껴진다.

간밤에 내린 비 탓인지 보송보송 수목이 우거진 산허리가

꿈꾸는 자가 창조한다

무척이나 부드러워 보인다. 평소 냉담했던 내 마음이 먼 산에 기우는 것은 아마 가까운 곳에 눈을 감고 싶은 심정 때문일까. 내 힘이 쇠하고 내 목구멍에서 소리가 눌려 없어지기 때문일까. 진실로 역리의 힘이 이다지도 거대한 것을 깨닫지 않았던 것도 아니었으련만. 가꾸면 생명은 자란다! 그 믿음이 무너지는 소리가 오늘따라 더욱 높게 들려오기 때문인지 모르겠다.

선도(先導)하는 것이 있어서 무리를 지어 따르는 연못의 고기떼들이 실로 부럽구나. 저 광활한 장천(長天)에 폭풍과 기아가 도사린 머나먼 여로(旅路), 종류가 다른 철새들을 이끌며 나는 한 마리 도요새의 유순한 용기(勇氣)를 우리는 어디서 찾을꼬.

그러나 나는 털고 일어난다. 이제 농약을 뿌리다가 내동댕이친 분무기는 본체만체 나무로 다가갔다. 높은 가지를 휘어잡고 벌레를 잡기 시작했다.

(초조해하지 말아라. 지나치면 되돌아오고, 못 미치면 더 걷고, 인간(人間)은 아무도 종말(終末)을 보지 못한다. 오로지 과정(課程)이 있을 뿐……. 뛰지 말고 걸어가면서 계속하자. 일이 보배이니라.)

(1984. 6. 8)

14. 나의 문학적 자전(自傳)

딸아이가 국민학교 다닐 때, 그러니까 거의 30년이나 된 일이다. 그 사건은 너무나 창피하여 가까운 친구에게도 실토하지 못하고 세월에 묻어버렸는데 얼마 전 누구였던지, 지금은 누구에게 그 얘기를 하였는지 기억이 나지 않지만 하여간 내가 얼마나 지독한 여자인가, 나 자신의 흉을 보기 위해 그 말을 했던 것 같다.

30년, 40년 그 이전의 일들도 음각(陰刻)처럼 마음에 뚜렷이 새겨져 있는데, 이상하게 최근의 일들은 지우개로 지워버린 듯 말짱게 잊어버리는 경우가 많다. 6·25 때 얼마간의 양식을 얻기 위하여 시계(時計)를 풀어준 뒤 나는 오늘까지 시계를 가진 적이 없다. 서울 생활에서는 어쩌다가 시간 약속 같은 것이 있을 적에는 이웃에 시간을 물어보거나 아니면 라디오를 켜놓거나 했었는데 원주에 온 후론 그런 일조차 없는 형편이

꿈꾸는 자가 창조한다

어서 해와 달이 피부에 닿는 느낌에서 시간을 어림해온 터라, 어떤 뜻에서 시간은 세분(細分)된 것이 아닌 덩어리로 항상 내 곁에 있었다고도 할 수 있겠다.

하여 시간에 사로잡히지 않는 해방이랄까 자유랄까, 원고를 쓰는 일이 없다면 나는 달력에서도 해방될 수 있을는지 모르겠다. 어쨌든 다소는 행복하고 감사하는 마음이긴 한데 그 까닭으로 요즘 한층 더 세사(世事)에 건망증이 심해지는 것이 아닌가 싶다. 내용까지 잊는 것은 아니지만 담기는 그릇은 늘 오리무중, 나이 탓도 있긴 있겠다.

얘기를 돌려놔야겠다. 시간을 거슬러 한참을 뛰어서 넘어가 보면 그 사건의 현장(現場)은 서울 돈암동에서 삼선교로 뻗은 거리가 된다. 오늘같이 사람으로 붐비지 않은 조용한 곳이었고 전차(電車)가 다니지 않았나 싶지만, 그것은 분명치 않다. 해가 저물고 어둠이 깔리면 비참함을 무마해주는 낭만(浪漫)이 손짓하는 그런 분위기였다고나 할까.

나는 삼선교에 있는 영어(英語)학원에 영어를 배우러 다녔다. 수강을 끝내고 거리에 나올 무렵이면 밤은 상당히 깊어져 있다. 상점(商店)에서 새어 나오는 불빛을 밟으며 길 건너편 동도(東都) 극장 앞의 휑하니 비어버린 공간(空間)을 바라보았는데, 플라타너스는 무성했지만 밤바람이 썰렁하여 초가을이었을 것 같다. 무인지경(無人之境)을 가득 젊음과 외로움이 폐부를 찌르듯, 그것은 또한 희열이기도 했었는데 맞은편에서 갈 지(之) 자로 걸어오던 남자가 내 곁을 스치려는 순간, 길 가

다가 기왓장이 떨어져서 머리를 깬다고 하였던가, 남자는 느닷없이 내 뺨을 때리는 게 아닌가. 망연자실한 것은 잠시였다. 발길을 돌려 남자를 뒤쫓아 뛰었다. 반사적으로 남자도 뛰었다. 어디를 어떻게 돌았는지 섬광처럼 외등이 언뜻언뜻 지나다가 다시 어두워지곤 하는 골목을 얼마나 긴 시간 끈질기게 돌았을까.

시야에는 달아나는 남자의 꾸부린 등만 가득하였다. 그때 심정으론 하늘 끝까지도 쫓아갈 것 같았다. 어떻게 하겠다는 생각은 없었다. 나 자신을 태워 죽일 것만 같이 머릿속이 활활 타고 있었을 뿐이다.

남자는 더 이상 따돌릴 수 없다 생각했는지 어느 집 앞에서 여자가 열어주는 문으로 황급히 들어갔고 빗장 지르는 소리가 밤을 요란하게 하였다. 뒤늦게 닫힌 문 앞까지 간 나는 한참 동안 우두커니 서 있었다. 활활 타던 머릿속이 백사(白砂)같이 바래지는 것을 느낄 수 있었다. 집으로 돌아온 나는 비로소 울음을 터뜨렸다.

"미친개라 생각하지, 술 처먹은 개라니, 아, 그러다가 사람 없는 골목에서 니를 때렸이믄 우짤번 했노."

어머니는 내 결벽증에 칼을 꽂았다.

"고발할 거예요!"

현상(現象)보다 현실(現實)이, 무형(無形)보다 유형(有形)이 선행(善行)하는 어머니의 생각, 다소는 타협하고 굽히면서 생활은 흔들리지 않게, 그것은 혼자 사는 동안 터득한 지혜였을

꿈꾸는 자가 창조한다

것이지만 그 점에서 모녀는 늘 상충하였다.

나는 같이 울고 노여워해줄 것을 바랐던 것이다.

"고발할 거예요."

목소리에 힘이 빠졌다. 집을 알아놨으니 고발할 수 있었다. 이젠 고발할 수 있는 쪽이 강자(强者)인 셈이다. 피해자는 가해자로, 그러나 내가 가해자(加害者)라는 의식이야말로, 내가 고지(高地)에 섰다는 의식이야말로 나를 두렵게 하고 유익하게 하고 어느 의미에선 약자로 전락시키기까지 한다. 그런 성격적 약점은 내 생애에서 항상 하지 않아도 될 고생을 자초했던 것이다.

일제시대(日帝時代)를 살아온 내 의식 속에는 고발이라는 언어 자체가 죄의식을 동반했었고, 맞은 자는 발을 뻗고 자며 때린 자는 발을 오그리고 잔다는 옛날 우리네 서민사회(庶民社會)의 자위(自慰)가 부지불식간 나의 내부를 차지하고 있었다. 나는 오늘까지 약자에 대한, 물심양면으로 나보다 못한 사람에 대한 열등감을 닦아내지 못한 채 고통스러울 때가 많다. 미친개를 강에서 건져 주면 또다시 사람을 문다. 노신(魯迅)이 쓴 글 중에서 기억이 나는 구절이다. 도식적이거나 획일적일 수 없는 만상(萬象), 그중에서도 끝날 줄 모르는 인간의 갈등이 상기되는 구절이기도 했었다.

결국 약화되기 시작한 나는 스승인 김동리(金東里) 선생님께 말씀을 드렸다.

"뭐, 술 취한 사람인데."

냉정하고 짤막하게 하신 말씀이다. 부끄러웠다. 선생님은 항상 사람에게 냉정하셨다기보다 사물에 대한 판단에 냉정하신 분이다. 절제와 여유가 행간(行間)에 있는 그분의 글처럼 짤막한 말씀에서 나 자신이 얼마나 왜소한가를 깨달았다. 그 후 나는 어려운 일이 있을지라도 여간해서 남에게 의논하지 않는 버릇이 생겼다.

한 해만 가면 60이 되는 내 평생, 어머니에게 매 맞은 것을 제외한다면 세 번 뺨을 맞았다. 한번은 소학교 때 일이다. 수업을 위해 선생님이 막 들어오시고 생도들은 자리에서 일어서는데 바로 내 책상 밑에 과자 하나가 떨어져 있었다. 순간 나는 그것을 주워 창밖에 던졌다. 내가 떨어뜨린 것은 아니었지만 그 당시 학교에서 군것질을 한다는 것은 상상조차 못 할 짓이었기 때문에 꾸중을 들을까 봐서 겁이 났던 것이다. 선생님은 변명의 여지도 없이 내 뺨을 때렸다.

두 번째는 여학교(女學校) 다녔을 때 일인데 종전까지 학비를 부담했던 어머니 대신 아버지가 송금(送金)하기로 언약이 되었었다. 그러나 학비는 오지 않았다. 어머니에게 편지를 내면 될 일을 나는 그러질 않고 고향으로 내려갔다. 내 머릿속에는 약속을 지키지 않은 아버지, 내가 안 부쳐주면 지 엄마가 학비를 부쳐주겠지, 생각했을 아버지의 무책임과 방편(方便)에 의지하는 심리(心理)에 대한 분노에 가득 차 있었다. 아버지는 들어서는 나를 보자 놀라며 당황했다.

"여자가 공불 하면 뭣하나. 학교 그만두고 시집이나 가지."

꿈꾸는 자가 창조한다

무안해서 한 말이었을 것이다.

"당신이 공부시켰어요? 그만두라, 마라 할 수 있습니까? 그 말은 어머니밖에, 아무도 못 합니다."

나는 서슴없이 당신이라 하며 대들었다. 아버지의 솥뚜껑 같은 손이 내 뺨을 때렸다. 겨우 화해했던 부녀(父女)의 관계는 깨어졌다. 열넷 나이에 네 살 연상인 어머니와 혼인했던 아버지는 열여덟에 나를 보았다. 조강지처를 버리고 재혼했었던 만큼 딸에 대하여 죄책감도 있었겠지만 너무나 젊은 아버지였었기에 평소 나를 어려워했던 것은 사실이다.

성미가 불칼 같았고 조금은 낭만적이며 우승컵 같은 것도 받은 운동선수의 경력, 그리고 미식가(美食家)이며 의복에 까다롭던 아버지, 그 강한 기상은 아무도 꺾을 수 없었는데 어릴 적부터 따지고 드는 나에게만은 거북한 듯 침묵을 지켰던 아버지가 나를 때렸다. 맞은 나도 그랬었지만 아버지 역시 수습할 수 없게 된 것이다.

그 길로 나는 집으로 돌아와 학교 가는 것을 거부했다. 달래다 못해 어머니는 이모부에게 부탁하여 퇴학 수속을 밟게 했고 진주에서 짐을 챙겨 오게 했던 것이다. 일 년 동안 앙앙불락, 눈병이 났고 때론 섬에 가서 혼자 사는 것을 꿈꾸곤 했는데, 어쩌다가 좁은 길에서 아버지와 마주치게 되면 목뼈가 부러질 만큼 외면을 했던 것이다. 그 후 아버지는 만주로 떠나기 전에 사람을 보내어 나를 한번 보고 싶다 했으나 일언지하(一言之下)에 거절했다.

얘기를 하다 보니 아버지에 대한 추억담 비슷하게 되었으나 의도(意圖)는 실상 내 문학(文學) 속에 잠재되어 있을 골수(骨髓) 같은 것을 찾고자 하는 방향이랄까. 해서 장황하지만 아버지에 대한 기억을 하나 더 첨가하고 넘어가야 할 것 같다. 6·25 때 피란 간 고향에서의 아버지는 몹시 불우했다. 만주에서 빈손으로 나온 데다 상처(喪妻)까지 했으니, 가족을 데리고 부산(釜山)으로 떠난 것은 내가 피란 간 지 얼마 안 되어서다. 어느 날 둘째 아이가 집을 나와 내게로 왔다. 새로 얻은 마누라와 아이들 사이에 갈등이 심했던 것 같았다. 둘째를 데리러 온 아버지는 들어서자마자 매부터 찾는 것이었다. 동생은 기겁을 하며 내 뒤에 숨었다.

"아버지, 멀쩡하게 차려입으시고 아이들 공부는커녕 이게 무슨 짓입니까?"

화살을 쏘았다.

"외면 경위 다 아는 년이 애비 보고 비난해?"

나는 묵묵히 아버지를 쏘아보았다. 아버지는 허둥지둥 밖으로 나갔다. 내 뺨을 때릴 적에도 이놈 자식 했었는데 뺨을 맞았을 때보다 내 충격은 더 컸다. 면전에서, 역시 어머니를 제외하고 '년' 자 소리를 들은 것은 그것이 처음이요, 마지막이었다.

저녁에 술을 마시고 돌아온 아버지는 죄 없는 어머니에게 시비를 걸다가 둘째를 데리고 밤배로 떠났다. 그리고 아버지는 타계(他界)하였고 기별을 받았으면서도 나는 임종에 가지

꿈꾸는 자가 창조한다

않았다. 아버지는 아이들 엄마를 무척 사랑했다. 그러나 아이들에게는 늘 폭군이었다. 그런 아버지가 사랑하지도 않는 사람의 소생인 나를 존중하고 두려워하기까지 한 것은 죄책감 때문만은 아니었을 것이다.

후일 들은 얘기지만 중국(中國)에 있을 때 내 사진을 꺼내어 곧잘 친구들에게 자랑을 하곤 했다는 것이다. 어쩌면 아버지는 이 세상 누구보다 내 특성(特性)을 알지 않았나 싶다. 소는 뿔을 건드리면 안 된다고 했다. 생각해보면 아버지를 당신이라 하는 딸의 뺨을 때린 것은 당연했을 것이요, 선생님이 학생의 뺨을 때린 것도 흔히 있을 수 있는 일, 술 취한 사람의 순간적 작심(作心)도 어쩌면 애교로 볼 수도 있을 것이다. 그러나 내게 있어서 격렬한 수모감은 어떤 무엇으로도 무마되지 않는다. 생리적(生理的)이라 할밖에 없다.

어머니는 늘 나를 두고 별나다고 했다.

"토삼 뿌리같이 혼자 살끼가."

토삼 뿌리가 무엇인지 모르지만 어머니는 그런 말도 했었다.

『토지』의 최치수(崔致修)에게 나 자신이 투영(投影)된 것을 부인 못 한다. 가장 치열한 감정은 자신의 존엄에 상처를 받았을 때, 심정적(心情的)으론 생명을 내거는 지경까지 가는 나를 나는 제어(制御)하지 못한다. 그러나 나는 최치수와 같은 강자(強者)의 위치에 있지 못하였고 전적(全的)으로 상이(相異)한 점은 설사 강자의 위치에 섰다 하더라도 응징이나 보복이 불가

99

능한 그것이 또한 내 생리인 것 같다. 결국 나는 스스로 소외되는 길밖에 없다는 것을 깨닫는다. 대개의 경우 그것은 절연(絶緣)으로 나타난다. 토삼 뿌리같이 혼자 살끼가, 한 어머니의 말은 결코 틀린 말이 아니었다.

이곳 풍토(風土)에 있어선 과부란 인권유린의 대상으로 예각(銳角)과도 같은 존재다. 나는 어머니처럼 지혜롭게 타협하지 못하여, 또 어머니에게는 예사로운 언어도 내게는 모두 피멍이 되어 나를 잠들지 못하게 하였다. 웬만한 것이면 목수(木手)도 되고 미장이도 되는 내 일상(日常)은 말하자면 그것도 일종의 절연 현상이다.

나 스스로 소외도 되지만 성격 자체가 남에게 불편을 안겨주는 것도 사실이고 해서 소외되는 것도 사실이다. 지금 이런 나이가 되었어도 남자가 여자를 때리거나 농지거리, 욕설하는 것을 보면 끔찍스럽고 가슴이 떨린다. 보는 것만으로도. 흔히 말하듯 이 설움 저 설움 다 해도 배고픈 설움만 할 것인가. 그러나 가로질러온 내 발자취에서 어떤 궁핍보다 잊지 못하는 것은 내 존엄이 침해당한 일이다. 결코 지워지지 않는 피멍 같은 것, 인간의 존엄과 소외, 이것이 아마도 내 문학의 기저(基底)가 아니었나 싶어진다.

사랑은 그것이 어떤 형태(形態)나 성질(性質)이든 결코 존엄에 손상을 주지 않는다. 사랑은 사람을 소외하지 않는다. 존엄을 지키기 위해 스스로 소외라는 보루를 쌓으나 그것은 필경엔 고육지계(苦肉之計)에 불과한 것이요, 진실(眞實)에의 절규

　　　　　　　　　　　꿈꾸는 자가 창조한다

는 한층 자심할 것이다. 존엄의 파괴는 진실이 아니기 때문이다. 사랑이 아니기 때문이다. 소외되는 경우, 이것은 어쩌면 생명 있는 모든 것의 속성이 아닐까.

대부분 그것은 생존(生存)과 관계되기 때문이다. 인간사(人間事)에서는 이해(利害)에 요인(要因)이 있을 때가 많다. 소유나 공범(共犯) 또는 공동(共同)의 권리 같은 것, 해서 스스로 소외됨은 그런 것의 포기를 의미하기도 한다. 소외되고 또 스스로 소외되는 것을 택하는 데 있어서 비근한 예를 들자면 임자를 소유하지 못한 여자가 임자를 소유한 여자들에게는 경계의 대상이 된다. 하여 소외되는 것이며 동시에 존엄이 손상될 때 스스로 소외되는 결과를 낳기도 한다. 나는 입에서 신물이 나게 그런 연속의 과정을 지내왔다. 이 글에서 어떤 독자는 나를 도피주의자(逃避主義者)로 단정할 것이다. 과연 나는 도피주의인지 모른다. 그러나 단언할 수 있는 것은 나는 철저한 인간주의자(人間主義者)라는 점이다.

바로 그렇기 때문에 나는 오늘도 펜을 들고 있는 것이다. 『토지』의 용(龍)이라든지 월선(月仙), 환(環)이나 주갑, 그 밖의 수많은 인물에게서 휴머니티를 열망하였고 잘 되었든 못 되었든 그들은 모두 그 열망의 산물이다. 나는 거의 냉정한 상태로는 사람을 대하지 못한다. 의지(意志)가 10퍼센트? 아니, 90퍼센트가 감정(感情)으로 뭉쳐진 인간으로 나 자신을 분석한다. 참으로 역설적인 것이지만 인간에 대한 줄기찬 관심은 고독, 소외의 감수(甘受)라는 결과를 가져온다. 그것을 완벽

주의라 할 수 있을는지 모른다. 인간과 인간 사이의 어떤 유의 것이든 영혼의 합일(合一)은 절대적인 것으로 추구를 멈추지 아니하는 한 다시 되풀이하거니와 역설이나 이율배반이라고나 할까, 외톨이가 될 수밖에 없다.

장거리에서 차 속에서 상점에서 길거리에서 모든 사람, 그 사람들, 나와 마주치는 할머니든 아저씨든 아가씨든 아주머니든 일꾼이든 나는 피부로 그들의 진실을 감지하려 하고 이른바 휴머니티를 기대한다. 그러나 그것은, 그들의 영혼은 내게 있어서 끝없는 불가사의(不可思議)이고 나는 어쩔 수 없이 다시 외톨이가 된다.

내 문학에 있어서 신(神)은 지극히 미약한 그늘을 던지고 있는 것으로 안다. 불경스런 얘기지만 안이(安易)하게 신을 생각한다고나 할까. 아주 어렸을 적에 엄마한테 야단을 맞고 쫓겨난 일이 있었다. 바닷가에 앉아서 수평선(水平線)을 넘어오는 흰 돛단배를 바라보며 엄마는 정말 나를 낳았을까 생각하곤 했었다. 해가 지고, 갑자기 하늘에는 먹구름이 몰려왔고 바람이 일었다. 그때 바다 울음소리를 들었다. 샛바람 소리였는지 모른다. 별안간 겁이 난 나는 일어섰다. 검푸른 바닷물이 나를 덮칠 것만 같았다. 울면서 뛰었다. 한참을 뛰어 달아나는데,

"아니야. 하나님이 날 살려주실 거다."

그 순간 내 마음이 어찌 그리 달콤했는지 알 수가 없다.

그런 식으로 아직껏 나는 하나님을 생각하고 있는 것 같다.

꿈꾸는 자가 창조한다

항상 내 옆에 하나님은 있는 것 같았다. 그러나 하나님을 외경(畏敬)스럽게 생각하는 증좌(證左)로는 결코 하나님을 원망하지 않는 그것일 것이다. 내 작품에는 죽음이 많이 있다.

그 죽음, 또는 죽음의 문제 같은 것도 신에 대한 것과 상통하는 안이함이 있는 것이다. 나는 죽음을 깊이 추구하는 일이 별로 없다. 내 가까운 사람들의 죽음은 심장에 못을 박은 듯 남아 있으나 그것은 죽음의 추구하고는 다르다. 그러니까 죽음은 내 삶 속에서 받아들여지는 고통일 뿐, 때론 내세(來世)가 있을 것이란 가냘픈 희망, 동화와도 같은 꿈이 있고 심연과도 같은 암흑, 무(無)에 대하여 더럭 겁이 나기도 하지만, 작품 속의 죽음은 대체로 삶을 부각(浮刻)하기 위한 종지부(終止符)라고나 할까. 신(神)과 죽음에 대하여 좀 더 구체적인 느낌을 말한다면 불가사의하지만 우주(宇宙)의 질서에는 한 치의 빈틈도 없다. 혼돈과 혼돈이 잡거(雜居)하고 있는 듯하지만 엄연한 질서 속으로 빨려 들어가는 과정이 아닌가 하고 생각할 때가 종종 있었다.

나는 문학에 뜻을 세운 일은 없었다. 소학교(小學校) 교과서에 『겐지모노가타리(源氏物語)』의 한 부분이 실려 있어서 그것을 배웠는데 작자(作者)인 무라사키 시키부(紫式部)는 젊어 미망인이 되었고 딸 하나를 두었으며 궁인(宮人)이 있었다는 선생님의 설명을 듣고 막연히 나도 그렇게 되었으면 했지만, 어린 나는 미망인의 처참한 삶을 알지 못하였다.

평범하고 공부를 못했던 아이, 희미한 존재, 어제였던가 소학교 때 급장(級長) 하던 친구가 육십 고개를 바라보는데 내게 왔었다. 다른 친구들도 동행해왔었다. 그런데 유독 급장 하던 친구의 눈빛이 내 피부를 간지럽게 하였다.

(공부도 못하던 아이가 어찌 글을 쓰게 되었누.)

나는 공연히 허둥지둥하고 말았다.

여학교(女學校) 생활의 4년간 퇴학하고 1년을 집에 있었으니까 기간은 5년인 셈이다. 동급(同級)이 상급생이 되었고 하급생이 동급이 된 기묘한 학교생활에서 마치 동굴 천장에 매달린 박쥐처럼, 그런 상태는 외곬인 나에게 더욱더 소외감을 안겨주었으며 구속된 시간과 공간은 나를 못 견디게 했다. 그리고 보이지 않는 밧줄을 물어 끊으려는 내면의 갈등은 그칠 새가 없었지만 표면적으론 그저 그런 평범하고 온순한 학생으로 인식되었다. 그러나 한번은 하급생이

"언니, 미친 줄 알았어요."

했을 만큼 사감 선생님한테 반항한 일이 있었다. 반항이기보다는 대등한 싸움이었던 것이다.

"머리 치켜들고 날 쏘아보면 어쩔 테냐? 결국 너만 손해야."

선생님 말에,

"적어도 교육자의 입장에서 손해 이익을 따져도 되는 겁니까?"

그 시절엔 미쳤다 할 만큼 학생으로선 엄두도 못 냈을 말이었던 것이다. 그런데 성적이 형편없는 나에게도 한 가지 잘

꿈꾸는 자가 창조한다

하는 것이 있었다. 그것은 역사였다. 역사 시간에는 선생님과 나 사이의 문답으로 시간이 흘렀다. 물론 선생님은 날 귀여워했고, 사감장이기도 했다. 그 선생님은 다소 자유주의자(自由主義者) 같은 면이 있긴 있었다. 토요일 밤이면 기숙사를 순시하는데, 소설을 읽다가 들킨 일이 있었다. 책을 집어 든 선생님은

"다이니노 셋분까(제2의 키스)."

웃으며 책을 돌려주셨다. 책을 돌려주기는커녕 교무실에 꿇어 앉히기 십상이었는데, 책은 아쿠타가와 류노스케(久米政雄)의 연애 소설이었다. 독서(讀書)는 야욕스럽게 했다. 무엇이든 읽었다. 그림도 그렸는데 사람 얼굴만 그렸다. 그러나 무엇보다 학교생활을 지탱하게 해준 것은 시(詩)를 쓰는 일이었다. 아궁이며 이불 속이며 노트를 감추어가면서 매일매일 일기(日記)같이 시를 썼다. 시인(詩人)이 되겠다든가 작가(作家)가 되겠다는 생각도 없이, 폭발 같은 것이었을까, 묶여 있다는 의식이 종이에 소리 없이 폭발했다고나 할까. 6·25를 겪으면서도 나는 시를 썼다. 일전에 문학을 생각하는 어느 여성에게 말했다.

"문학을 한다는 것은 팔자예요. 문학은 내부에서 터져 나오는 것이지, 불러들여서 하는 건 아니에요."

우연히 알게 된 김동리 선생님, 그 어른이야말로 내 내부의 것을 끌어내어 문학을 하게끔 해주신 분이다. 내가 쓴 졸렬한 시 속에서 소설(小說)을 쓸 수 있을 것이란 가능성도 그 어른

이 발견해주신 것이다. 그분은 내 문학의 아버지라 할 수 있다. 준엄한 산 같은 문학세계에 비하여 그냥 소리만 질러대는 것이 내 문학이 아니었던가. 십수 년 동안 선생님을 뵙지 못하였다. 그러나 항상 감사하고 존경하며 그 문하(門下)였던 것을 자랑스럽게 생각한다.

(1984.7.1)

(편집자 주)
이 글은 1984년 7월 1일 자《한국일보》에 아래와 같은 편자의 주기(註記)가 붙은 채 실렸던 것임을 밝힌다.
"1984년《한국일보》가 창간된 이래 연재소설을 집필했던 작가들은 '한국 전후문학 30년의 최대 문제작'으로 박경리 씨의『토지』를 뽑은 바 있다. 《한국일보》창간 30주년을 기념하여 본지가 마련했던 이번 문제작 선정에는 창간 이후의 집필작가 87명 중 48명이 참가했으며, 전후(戰後) 문제작 3편으로『토지』, 『불꽃』(선우휘), 『장길산(張吉山)』(황석영)을 뽑았다(《한국일보》6월 16일 자).
강원도 원주의 전원에 묻혀 대하소설『토지』의 마지막 부분을 쓰고 있는 "전후 최대 문제작"의 작가 박경리 씨는《한국일보》독자들을 위해 그의 자전적 문학론(自傳的 文學論)을 집필해주었다. 그는 이 글을 통해서 무엇이 한 작가의 오늘을 이루었는지를 들려주고 있다."

꿈꾸는 자가 창조한다

15. 선생의 권위와 방송 코미디

　세사(世事)에 소원하여 그런지 무슨 행사의 명칭 같은 것 까먹기가 일쑤여서 어떤 때는 낫 놓고 기역 자도 모르는 무식꾼 같기도 했고, 우둔하고 소박했던 옛사람을 눈앞에 떠올리기도 했었는데, 아무튼 손자가 조소부에 뽑혀 그 기량을 겨루는 일에 참석한 것이 며칠 전 일이다. 엄마가 바빠서 대신 나를 호출했던 것이다. 햄버거 몇 개, 우유 두 봉지를 사가지고 시간에 늦을까 봐 조바심하며 행사가 있는 학교에 가니 벌써 많은 학부모들이 와 있었다.

　무용이다, 음악이다, 사생이다 하여 학교 안은 설레고 있었으나 그런 것에 대한 관심보다 아이를 찾느라 이곳저곳 기웃거리며 다녔다. 겨우 학교 뒤뜰 나무 밑에서 찰흙을 빚는 아이를 발견했다. 아이는 빙그레 웃었다. 방해하지 않기 위해

수돗가에 휴지를 펴놓고 앉으려는데 지도하시는 젊은 여선생님이 인사를 했다. 일제 강점기 때 일본인 교사에게 엄한 교육을 받은 세대여서 그런지 연령의 높고 낮음에 상관없이 선생님에 대해 겁이 나는 잠재의식과 손자를 맡긴 처지이고 보면 선생님이란 늘 어렵고 송구스런 존재다.

선생님은 아이에 대하여 경쟁심이 부족하고 잘 울며, 그러나 책임감은 강해서 할 일은 하는데 간섭을 싫어한다는 말씀을 하셨다. 제 또래에 비하여 어리고 응석받이인 것은 사실이다.

아이는 소를 만들고 있었다. 생각한 것보다 잘 만드는 것 같았다. 다른 아이들도 말이랑 코끼리, 기린, 그런 것을 모두 잘 만드는 것 같았다. 꼬마 조각가들, 마음이 흐뭇했다. 각 학교에서 선생님도 여러 분이 나오셔서 아저씨, 언니같이 뒷바라지하는 심정으로 열심이었다. 아이들은 꽃이었고 존중받았으며 따뜻한 상호 간의 교류를 느낄 수 있었다.

옛날도 아주 옛날, 서울로 시험 보러 왔을 적에 따라오신 선생님 생각이 났다. 평소에 엄했던 선생님은 아버지와 어머니처럼 먹는 것에서부터 자는 것까지 신경을 써주셨고, 시험 치는 학교마다 찾아다니면서 애를 태우셨고, 길 잃을까 봐 타이르고 또 타이르곤 하셨다.

세 시간 남짓한 작업을 끝내고 아이와 나는 집을 향해 학교를 떠났다. 차 속에서

"할머니, 나 자신 없어. 입상 못 할 것 같아."

　　　　　　　　꿈꾸는 자가 창조한다

"아니야. 내 생각에는 은상이나 동상은 받을 것 같다."

그러나 마음속으론 '내가 심사위원이라면 금상 주겠다'며 중얼거렸다. 내 손자여서 그랬는지 모르지만 다소 조잡하기는 했어도 그 아이 소는 살아 있는 것 같이 느껴졌었기 때문이다. 저녁때 아이 에미한테 전화가 왔다.

"금상이래요. 전화 주신 선생님이 우리보다 더 기뻐해요."

아이는 어리벙벙해하다가 한참 후 아주 기분이 좋아졌다.

아이를 집으로 돌려 보내놓고 해거름에 풀을 뽑으면서 나는 스승이란 존재를 생각해보았다. 선생의 권위가 옛날과 다르다는 것은 누구나 다 아는 일이다. 한국만의 사정이 아닌 것도 다 아는 일이다. 교육이 평준화되어, 실례되는 말이지만 교육자도 다량(多量) 생산되는 터라 자질에 문제가 있는 것도 사실이다.

설 명절 말고는 생일에도 쌀밥 먹기가 어려웠던 시절 옥수수나 고구마를 쪄 선생님 댁에 보내던 촌사람들. 상급 학교 보낸다는 것은 언감생심이요, 자식 성적을 자랑할 겨를도 없는 농사꾼의 선물은 무엇을 뜻하는가. 자식을 맡아주어 고맙고 수고한다는 마음 이외에 달리 노리는 것이 없었다.

하지만 오늘엔 이해(利害)를 전제로 한, 말하자면 일종의 현물거래가 일부에서 행해지니 아이들이 선생님을 우습게 보고 부모를 존경하기보다 돈을 존경하기에 이른 것이다. 그보다 더 큰 문제는 국가시책에 있다고 보아야 하지 않을까. 구체적으로 지적한다면 그 맹점이 한두 가지겠는가. 과거 필자도 교육에 몸담은 일이 있었으나 극히 짧은 기간이라 오늘의 교육시책을 보는 데 있어서 편견에 기울 수도 있을 것이요, 몽상적(夢想的)일 수도 있을 것이다.

그러나 확실한 것을 하나만 얘기하겠다. 국영방송에서 내놓는 '유머극장'이던가? 훈장과 서당꾼의 얘긴데, 스승을 놀려먹고 속여먹고 골탕 먹이는 바로 그것에 관한 것이다. 참말로 국영방송이 잘 가르쳐주고 있었다. 스승을 놀려 먹고 속여먹고 골탕 먹이는 방법을 말이다. 제자는 스승의 그림자도 밟지 않는다는 얘기는 들었지만 왕시(往時) 스승과 제자의 사이가 그랬었다는 것은 금시초문이다.

권력의 자리에 타고 앉아서 수백억 원을 축재했다는 얼굴들도 많고 투기꾼·사기꾼·정상배(正常輩), 부정적인 부위가 허다하거늘 하필이면 훈장을 창끝에 내걸어야 할 이유는 무엇인가. 사도(師道)의 확립이란 공염불인가. 방송국의 푹신한 자리에 앉아 계시는 높은 양반들의 양식도 양식이지만 문교부는 눈도 없고 귀도 없는가.

국위선양이라면 모두 사족을 못 쓰는 풍향이지만 드라마에서는 대학을 나온, 오퍼상인지 뭔지 하는 청년이 남의 나라음식 먹는 그 꼴은 가관이랄 수밖에. 삼지창에 샌드위치를 찌른 채 무엇을 가리키며 흔들어대는데, 예절도 예절이려니와 우선 샌드위치가 땅바닥에 떨어질까 봐 보는 사람 마음이 조마조마했다. 외국 사람들이 그 꼴을 보면 국위선양 참 잘될것이다. 현모양처로 나오는 여성은 숟가락, 젓가락 함께 들고

꿈꾸는 자가 창조한다

식사를 하고, 언어나 행실을 도맡아 방송국이 가르쳐주고 있으니 선생님들은 '유머극장'에서 골탕이나 먹을 수밖에 없는 것이 당연하다. 물론 고운 말 쓰는 불여우 같은 사람도 있을 것이요, 상말을 지껄이면서도 심장이 뜨거운 사람도 있을 것이다.

그러나 작품의 리얼리티에서 본다면 현모양처가 식사의 예절을 모르고 두메산골의 촌부가 고상하게 양식을 먹는다면 진실에의 접근은 첫 계단에서 추락이다. 그러나 그런 행위는 일단 접어두고 언어의 황폐를 방송국에서 자성(自省)한 일이라도 있을까? 프랑스 말이 세계에서 가장 아름답다는 것은 정평이 나 있다. 함에도 정부에서는 해마다 막대한 예산을 내어 국어순화 사업을 지속한다는 말을 들은 적이 있다.

말, 까짓것 밥 먹여주나, 할 사람이 있을지 모른다. 그러나 말은 행실의 척도가 되고 행실은 마음의 척도가 되기에 문제가 된다. 사람은 배부른 돼지로만 살 수가 없는 것이다. 하기는 이런 얘기는 모래알 떨어지는 소리쯤으로 들릴 것이다. 살벌한 소음 속에서는……. 이 글 자체가 무의미한 것을 절감한다. 될 대로 되라는 심정, 그러나 그것이 만연될 때 사회는 붕괴할 것이다.

(1984. 8. 3)

16. 치유받은 내 영혼

작년에는 고추를 늦게 심어 수확이 적었다. 해서 금년에는 서둘렀고 모종이 자라기가 바쁘게 그동안 장만해두었던 고 춧대를 매일 1백 개, 혹은 50개쯤 세워서 묶어주는 데 며칠이 걸렸다. 가랑비를 맞으며 1백 개 이상 고춧대를 세우는 아침 이면 허리가 아팠다. 어떡하든 고추를 많이 따야겠다고 작심 한 만큼 가물 때는 물을 대주고, 풀을 뽑아주고, 밑가지를 잘 라주고, 내 딴에는 최선을 다했는데 까닭 모르게 말라 죽는 것이 있어서 속이 상했다.

한번은 튼튼하게 고추도 제법 달린 것 두 포기가 잔등이 뚝 부러진 채 시들고 있어서 두고두고 애석했다. 그리고 동시에 농민들의 울분 같은 것이 내 가슴을 뜨겁게 했다. 자식 기르 듯 했던 것들이 생산비도 못 건진 채 장바닥에 나뒹굴고, 값

꿈꾸는 자가 창조한다

으론 따질 수 없는 보살핌의 나날을 생각한다면 앉아서 편하게 사 먹는 도시인에 대하여 증오감이나 모멸감을 가진들 할 말이 없을 것 같다. 오늘의 현실은 유식한 도시인에 대하여 경의를 표하는 농민이 없다.

지난 일요일이었던가, 닭똥을 경운기로 여덟 번 들여왔다. 이웃 양계장에서 친절하게 가져가라는 말을 듣고도 농번기라 경운기 사정이 여의치 않아 차일피일하는 사이비가 오고, 그 때문에 실어 온 닭똥은 그야말로 물렁죽이었다. 실어 온 아저씨 말씀으론 왕겨나 짚을 넣어야 거름으로도 좋고 옆으로 퍼지지도 않는다는 것이었다.

그러나 갑자기 왕겨나 짚을 구해올 방도가 없었다. 양계장 아주머니께서도 그런 말씀을 했으나 예사로 들었던 것은 내 무식의 소치였다. 가을이면 다 썩은 거름을 사다 썼기에, 물렁죽이 되어 땅바닥에 깔리는 것을 미처 생각지 못했던 것이다. 다음날엔 비가 왔다. 엉겁결에 비닐을 덮기는 했으나 워낙 넓은 면적을 차지하여 다 덮지 못했고 냄새가 요란했다. 비가 멎는 것을 보고 말릴 요량으로 비닐을 걷었다.

"할머니, 냄새가 나."

오디를 따다가 둘째 손자가 하는 말이었다.

"우리 아기도 밥 먹고 자라지? 닭똥은 나무랑 채소의 밥이란다. 나무랑 채소도 밥을 먹어야 자라요."

"응."

일기예보는 며칠 새 또 비가 온다고 했다. 장마철로 접어들

기라도 한다면 온 뜰 안이 닭똥죽으로 질퍽거릴 판국이다. 나는 '몸뻬'를 입고 고무장갑을 낀 채 밖으로 나갔다.

바쁜 철이라 품을 사는 것은 엄두도 낼 수 없다. 자업자득(自業自得)이니 누굴 원망할 수도 없고, 말하자면 오물인데 누굴 보고 처리해달라 하겠는가. 리어카를 끌고 2, 3년 동안 모아서 피라미드처럼 쌓아놓은 풀을 나르기 시작했다. 닭똥 중심부에 풀을 깔고 언저리의 것을 삽으로 걷어 올리는데, 닭똥은 삽에 붙어 잘 떨어지지도 않거니와 떠올려지는 것도 적어서 힘만 들었지, 며칠 몇 날을 해도 진도가 있을 것 같지 않다.

'에라, 모르겠다!『토지』의 송관수는 맨손으로 인분을 쓸어 담았는데 고무장갑을 끼고 이걸 못해?'

두 손으로 가장자리의 닭똥을 공처럼 뭉쳤다. 그리고 풀을 깔아놓은 중심을 향해 던졌다. 풀이 묻히면 다시 깔고 두 손으로 꽉꽉 뭉친 닭똥을 계속해서 던졌다. 반나절이나 그 짓을 되풀이하다 보니 닭똥이 깔린 면적은 좁아지고 어지간히 피라미드에 가까워졌다.

몸을 씻고 옷을 갈아입었으나 냄새가 배어 고약했다. 커피 한 잔을 끓여 나무 밑 벤치에 앉아서 마셨다. 팔은 철봉을 매단 듯 무거웠지만 기분은 상쾌했다. 일종의 자부심 같은 것도 느껴졌고 이웃 농민들에게 품은 열등감도 달랠 수 있었다. 그러나 하룻밤을 자고 보니 그 피라미드는 다시 평평해져 있지 않은가.

'할 수 없지.'

꿈꾸는 자가 창조한다

비닐을 씌웠다. 노력은 전적으로 헛되지는 않았다. 비닐 밖으로 비어져 나오는 것은 없었으니까. 더 이상 땅에 깔리지 않게 큰 돌을 수없이 날라다 비닐 둘레에 쌓아 올렸다. 그리고 흙으로 덮었다. 자리를 많이 차지했으나 완전 밀폐에는 성공이었다. 이제 바람이 불고 소나기가 쏟아진다 해도 끄떡없으리. 그리고 떨어지는 살구도 먹을 수 있을 것이다.

생각해보면 기막히게 고달픈 작업이었다. 그런데도 외로움이나 한탄이 없는 자신이 이상했다. 자연은 과민하고 상처받기 쉬운 내 영혼을 언제 이토록 실하게 치유해주었을까.

내 뜰은 생명으로 충만해 있다. 해충을 이겨낸 나무와 채소는 눈이 시리도록 푸르고 마이신으로 길든 중병아리 열한 마리는 우리 집에 온 뒤 그중 여섯 마리가 나가떨어졌지만 나머지 다섯 마리는 약 같은 것 없이 햇볕 보고 야채 먹으며 잘 자라주고 있다.

고추며 옥수수며 모조리 결딴을 내던 들쥐를 퇴치하는 고양이 가족, 방에는 짖어주는 강아지, 발소리가 나면 웅덩이에서 건져온 모기의 유충과 실지렁이를 받아먹으려고 모여드는 붕어들―. 이들을 거둬 먹이는 것으로 아침이 열린다.

또 있다. 얼마 전에 고춧대를 세우는데 바닷속으로 가라앉았다는 전설의 이상향 '아틀란티스'라는 낱말이 머릿속에 퍼뜩 떠올랐다. 그 순간 아들락스! 아들락스! 개구리의 울음소리가 귀청을 찢었다. 무의식중에 그 소리가 '아틀란티스'를 상기하게 했는지 모른다. 개골개골도 아니오, 맹꽁맹꽁도 아닌 아들락스! 아들락스! 하고 분명히 그렇게 울었다. 까맣고 못생긴 개구리, 웅덩이 속에서 그들은 무리를 이루어 울고 있었다. 큰 손자의 말이 그놈들은 개구리가 아닌 맹꽁이라고 했다. 다음 날엔 그 요란한 소리가 들리지 않았다. 가보았더니 맹꽁이들은 간 곳이 없고 수면에 수없이 많은 알이 떠 있었다. 다음 날 올챙이로 변해 있었다.

"할머니, 물 빠지면 올챙이들 다 죽어요. 꼭 물 넣어주세요. 꼭이요."

큰놈은 당부, 당부하고 갔다. 작년에도 올챙이에게 물을 대주었다. 그러나 비가 많이 왔었던 그때와는 달리 물은 쉬이 빠지고 그 넓은 웅덩이에 물을 채우기란 난감한 일이었다. 양회로 발라놓은 그 옆 '완성되지 않은 연못' 웅덩이에 우글우글하는 올챙이들을 옮겼는데 걱정이 된다. 양회가 미처 우러나지 않았던 곳이어서 죽으면 어쩌나. 그래서 못 쓰게 되어 방치했던 목욕탕 욕조에 물을 붓고 더러는 그곳에도 올챙이를 옮겼다.

손자가 무섭기도 했고, 다 같은 웅덩이건만 흙바닥인 곳에만 알을 까는 맹꽁이가 신비스럽기도 했다. 어쨌든 올챙이는 모두 건재하다. 자연이 가득 채워주는 생명, 참으로 외경스럽다.

우리 집에서 한참을 더 들어가면 황폐한 과수원이 있다. 수령을 다했는지 큰 나무들은 상품 가치가 없는 열매만을 약간씩 달고 임종을 기다리는 노인처럼 음산해 보였다.

꿈꾸는 자가 창조한다

인적이 없는 폐원, 그곳이 내 마음을 끌었다. 더 들어가고 싶다! 항상 해보는 생각인데 내 힘에도 한계가 있고 현재의 집은 처분될 가능성도 없으니……. 나는 벼랑 끝까지 온 사람처럼 이 집에 못 박힐 수밖에 없겠다. 큰 집은 나를 누르고 핍박하는 무게지만 그러나 뜰에 충만한 생명들은 다정스런 내 벗이며 혈육 같은 것, 내 뜰 안에서만이라도 독식(獨食)을 막으며 생명을 잇게 하는……. 그러나 과연 이것만으로 나는 옳게 살고 있는 것일까.

(1984. 7. 6)

17. 고향에 가면 더욱더 이방인

　부모의 얼굴도 알아보지 못하는 나이에 고아가 되었다든
가 기억에 남아 있는 고향이 없는 뜨내기, 그런 경우 출발에
서부터 그들의 인생은 불평등으로 시작된다. 그 불평등은 역
사가 빚은 죄악으로, 혹은 오늘 상황이 자아낸 한탄스러운 것
으론 볼 수 없다. 물론 6·25와 같은 격동에서 파생된 것은 역
사와 인간에게 다 책임이 있는 일이지만, 고아나 실향(失鄕)은,
그런 것과 관계없이도 삶 자체에서 대다수는 아닐지라도 늘
있어왔다.

　화용월태(花容月態)의 미인과 불구자가 다 같이 태어나듯 인
위(人爲)로는 어쩔 수 없는 운명적인 불평등이라 할 수 있겠
다. 그러나 미인이 추물로 썩어가고 노트르담의 꼽추가 아침
이슬같이 맑게 떠오르는 것은, 그것은 자기 자신이기 때문이

118　　　　　　　　　　　　　　　　　　꿈꾸는 자가 창조한다

요, 존재했기 때문이다. 운명적으로 받아들이지 않을 수 없었던 자기 자신을 변모하게 하는 정신을 가졌기 때문이다. 고아나 뜨내기는 다르다. 그것은 돌아올 수 없고 한 줌의 머리칼도 남음이 없는 상실이기 때문이다.

조그마한 흰 새, 등줄기에 까만 줄이 있는 그 새는 내가 창문만 열면 연못가에서 날아가 버린다. 그 조그마한 새가 붕어를 잡아먹으러 왔을 리 없고 붕어가 사는 연못에 장구벌레 따위는 없다. 강에서 건져다 넣어준 우렁이를 먹으러 왔을까. 새는 매일 온다. 연못 둘레를 빙빙 돌면서 물속에 기웃기웃하는 모습이 애처롭다. 그보다 더 애처로운 것은 아침이면 죽어서 연못에 떠 있는 붕어다.

아는 분이 강에서 낚아 넣어준 것인데, 나중 얘기를 들자니 오염이 심한 강에서 낚은 고기라 먹지 못한다는 것이다. 그 고기가 맑은 물에 와서 죽다니. 춘원(春園)의 소설 『원효대사』에 죽은 너구리를 장사지내며 대안대사(大安大師)는 "태어나지 말아라, 태어나지 말아라―." 확실한 기억은 아니지만 그런 구절이 있었던 것 같다. 살아서 연못을 기웃거리는 작은 새나 죽어서 떠 있는 붕어를 보면서 나는 곧잘 "태어나지 말아라, 태어나지 말아라." 하고 중얼거리곤 한다.

생명 자체가 한(恨)이다. 한, 한이라는 말을 하고 보니 평소 마음에 걸렸던 일이 생각난다. 이것저것 다 마땅치 않아 병들었나 싶을 만큼 근자의 내 심정이 편하질 못한데 마음속에서 꽤 자주 자맥질하는 마땅찮은 생각, 그것은 일반적으로 한을 감상이나 뭐, 그런 따위로 보는 경향과 청승맞은 민족 정서의 하나로 부정적 측면에서 평가하는 분들의 견해 그것이다. 어휘와 실재 사이에는 상당히 복잡하고 다양한 거리가 있는 것 같고, 가령 한 민족의 의식구조를 분석하는 데 폐쇄적이다, 진취적이다, 하는 일도양단식(一刀兩斷式)의 논리 전개는 자칫 본질에서 유리될 위험이 늘 도사리고 있는 것이다.

뿐만 아니라 양단되는 두 유형에도 부정적, 긍정적 두 요소가 공존하는 만큼 어휘 하나가 그 모든 것을 감당하기 어렵다. 게다가 언어 자체가 근사체(近似體)일지는 몰라도 본질에 도달하기엔 영원히 완전치 못한 것이다. 피상적인 것에서 생명의 비밀에 이르기까지 기나긴 시간, 출발하고 방황하고 갈등하던 인간의 마음 자취를 한으로 집약했다 하여 그것이 모두 집약된 것도, 한국 사람만의 것으로도 나는 생각하지 않는다. 양복, 한복 외양이 다르나 모두 옷임이 틀림없고 양옥, 한옥 그 외양이 다르나 집임에는 틀림이 없다.

그리고 또 결핍이 충만하고 끝없이 상실해가야 하는 생명의 자리에서 비애라 하여 반드시 체념만 하는 것도 아니요, 환희라 하여 반드시 미래지향만도 아니다. 한때 자조(自嘲)를 동반한 엽전이라는 말이 유행한 적이 있었다. 한(恨)을 두고 얘기하는 이른바 학구파들 의식 밑바닥에 엽전이라는 자기모멸과 서구 지향의 사대의식은 없었는지, 유식한 칼끝으로 논에서 김매는 농부의 내면[恨]을 쪼개려 드는 것은 말하자면 일종의 잉여 행위로도 볼 수 있지 않을까. 넓게 보아도 그

꿈꾸는 자가 창조한다

렇고 깊이 보아도 그렇고, 결국 주제는 생명에 관한 것이 아니겠는가.

하려던 얘기가 엇길로 나갔기 때문에 고향을 말하려던 지면이 많이 잘려나간 것 같다. 그리워하고 사랑하고, 고향은 누구에게나 그런 곳이다. 더러는 어떤 사연으로 하여 고향을 증오하는 그런 사람도 있을 것이다. 그러나 사랑이 변한 것을 부인하지 못한다. 요즘 흔하게 쓰이는 말에 뿌리라는 것이 있다. 그것은 탄생과 존재로서 그간의 추억 때문에 고향은 뿌리로 인식되는 것이다. 이산가족 찾기에서 나도 남 못잖게 운 사람인데, 아주 어렸을 때 헤어져 공통의 추억을 못 가진 사람의 경우 나는 묘하게 그들 후일담에 일말의 불안을 느낀다.

그들은 핏줄이라는 필연에 매달려 공통의 추억이 없는 백지에 무엇으로 메울 것인가. 상상으로? 관례적으로 남이 지낸 세월의 흉내? 어쨌거나 가상(假想)으로밖에는 메워지지 않을 그들 세월, 혈육이라는 강한 부름 때문에 굳게 맺어질 수도 있는 일이겠으나 이질적인 것으로 갈등을 느낄 수도 있으리라.

고향이란 인간사(人間事)와 풍물과 산천, 삶의 모든 것의 추억이 묻혀 있는 곳이다. 보호를 받고 의지하던 20세 안쪽의 시기, 삶을 위한 투쟁 이전의 서로가 순결하였던 기간의 추억은 보석이다. 그것은 내 인생의 모든 자산이며 30년간 내 문학의 지주(支柱)요, 원천(源泉)이었다. 그럼에도 불구하고 서울에서 30여 년, 원주(原州)서 5년간 뜨내기 생활을 하며 나는 고향을 찾지 않았다.

수차의 해외에서의 초청을 사양하고 비행기라고 제주도행(濟州道行)조차 타본 일이 없는 처지고 보면 문학과의 대면의 쓰라린 세월도 세월이려니와 변화를 싫어하는 내 성격에 연유한 것이나 아닐는지. 그러나 귀향 않는 이유는 여행이 갖는 번거로움이나 시간에 인색한 그것만은 아닐 것이다.

얼마 전 어느 분에게 나는 다음과 같은 말을 하였다.

"고향에 가면 나는 더욱더 이방인이 될 것이다."

급격하게 변한 세태를 고향 땅에 가서 보고 싶지 않다는 뜻도 있고 20세까지 고향도 나도 수정같이 융화되었으나 40년 가까이 산천도 인심도 변했으려니와 나도 40년의 먼지를 쓴 사람이다. 40년 세월에서 면도날같이 사람을 보게 된 내 불행한 눈에 사물이 어떻게 비칠 것인가. 또 40년이 지나 찾아간 내가 그곳 분들에게 어떻게 비칠 것인가. 세월의 도랑을 생각하면 그 생소함을 나는 도저히 견디질 못할 것만 같다.

고향에까지 가서 의식의 의상을 걸친다는 것은 끔찍스럽다. 그립고 사랑했던 곳이기 때문에. 생활과 작업에 얽매여 움직일 수 없는 형편도 형편이지만 『토지』를 끝낼 때까지만이라도 보석에 하자가 생겨서는 안 되겠다고……

뻐꾸기 울음을 들으며 하잘것없는 언어를 절감한다. 생각을 말이 파괴한 느낌이 드는 것이다.

(1984. 9. 7)

18. 둥지 잃은 새들

　예술이라는 것을 업으로 삼고 있는 사람이 그 소재에 대하여 무관심할 수 없는 것은 당연한 일일 것이다. 그렇다면 시인이나 작자에게 언어는 소재(素材)일까? 합당치 못한 느낌이 없는 것도 아니다. 엄밀히 말하여 사물이 소재라면 언어는 다만 전달의 수단이거나 구성하는 역할을 할 뿐이지, 목적이 아닐 것이기 때문이다. 아무튼 시인이나 작가가 언어에 민감한 것은 사실인데, 그렇다고 해서 시인, 작가 아닌 사람은 언어에 둔감하다고 말할 수는 없다. 언어란 만인공유(萬人共有)의 것으로 시인, 작가보다 훨씬 민감하게 감각적으로 받아들이는 사람들은 얼마든지 있고 각별히 관심 없는 듯하면서도 사람들은 누구나 언어를 칼날로도 느낄 수 있고 부드러운 손길로도 느낄 수 있는 것이다. 그것은 상황의 전달이며 마음의 표현이기 때문이다.

평소 나는 진실에 접근하는 교량인 언어란 것은 영원히 미완성일 거라고 비관해온 터이지만, 요즘 언어를 통해 세상을 바라보고 있노라면, 뜻밖에도 낱말 몇 개로 사회가 돌아가는 형편이며 사회의 병리현상(病理現狀)을 여실하게 파악할 수 있어서 기분이 묘해질 때가 있다.

꼭 그래야만 한다고 소아병적으로 나부대던 이상도 시들고, 절망의 고개를 수없이 넘어 이제는 제발 따뜻한 아랫목에 허리나 폈으면 하는 사람에게 지상낙원의 꿈인들 있을 턱이 없지만, 가르침(말씀)이 있어서 상황의 흐름을 인도해주고 마음을 풍요롭게 한다. 이것은 역사의 물결 따라 수없이 시도되고 거론되기도 했었지만 대체로 언어란 전개되는 형편에 따라서, 인심 동향에 따라서 만들어지고 유행하는 성싶은데, 오늘의 유행어를 살펴보면 매우 선명한 두 줄기가 나타난다. 줄기는 두 개지만 특징은 이상하게 흡사하다. 애매모호하다 할까, 공통점이 40년의 긴 세월을 거쳐서 오늘 마주쳤다고나 할까? 말 몇 개를 예로 들어보자.

"잘 된 것으로 알고 있다."

"전달이 된 것으로 알고 있다."

"착수한 것으로 알고 있다."

상층에서 말단까지 공사(公私)를 막론하고 책임진 자리에 앉은 사람들이 요즘 부쩍 애용하는 말이다.

이와 뜻이 비슷해 보이는 말이 "잘 되었습니다", "전달되었

꿈꾸는 자가 창조한다

습니다", "착수했습니다" 또는 "잘 될 것입니다", "전달될 것입니다", "착수할 것입니다"일 것이다.

앞의 셋은 답변인 동시에 보고이며 뒤의 셋은 답변인 동시에 약속이다. 그러면 앞의 말 "알고 있다"는 말은 약속일까? 보고일까? 확실한 것은 답변이라는 것뿐이다.

"의지를 담은……"이라는 확실하고 결의에 찬 것도 요즘 사방에서 애용되고 있는 말의 하나인데 결코 말 자체는 애매모호하지가 않다. 의지라는 추상적인 말에는 책임이 없기 때문에 아무리 선명해도 무방하나 구체적이고 실적을 전제로 한 것에는 책임이 따른다. 결국 "알고 있다"는 말은 착각, 와전, 잘못된 보고, 그런 식으로 번의할 수 있는 가능성을 내포한 일종의 둔사라 할 수 있지 않을까? 고무줄 같은 언사에 너무 오래 길든 결과를 우리는 "알고 있다"는 말에서 느낀다.

다음은 "아름다운 것 같아요", "이겨야 할 것 같아요", "맛있는 것 같아요"라는 말이다.

이것은 국민 대중들이 요즘 즐겨 쓰는 말이다.

"아름답습니다", "이겨야지요", "맛있습니다"라고 해야 정확한 의사 표시가 된다. 그러나 "같다"는 말은 뜻 그대로 진짜는 아니고 비슷하다는 것인데, "아름다운 것 같은데 글쎄요……" 여음이 남는 말이다. "이겨야 할 것 같은 데 어떨까 싶어요", 궁리하는 투다. "맛이 있는 것 같아요", 시큰둥하게 마지못하여 대접한 사람에게 하는 말로 들린다.

어정쩡한 경우는 얼마든지 있으니까 그런 낱말이 살아 있는 것이며 유통되기도 한다. 그러나 설악산 꼭대기였던지 한라산 꼭대기였던지 그 이름은 잊었으나 마이크를 들고 이 나라의 아름다운 강산을 소개하러 나선 여성께서 산 아래를 내려다보며 한다는 말이 "아름다운 것 같아요"였다. 화면으로 본 산은 황홀하게 아름다웠다. 어정쩡하게 말할 아무 흠도 없었다.

외국으로 시합하기 위하여 떠나는 운동선수는 그 활기찬 표정과는 달리 "이겨야 할 것 같아요" 했다. 아리아의 제목 같지만 "이기고 돌아오겠습니다", 왜 그렇게 하질 못할까?

"맛있는 것 같아요", 텔레비전에 소개되는 그야말로 노련한 숙수들이 만들어낸 요리가 맛없을 턱이 없고 설혹 신통치 않았다손 치더라도 "맛이 있습니다" 하는 것이 음식 장만한 사람에 대한 예절이다. 왜 그 말에 그렇게 인색해야 할까?

물론 깊은 생각 없이 버릇이 되어 그랬겠지만 몇 사람의 버릇이 아닌, 텔레비전 화면에 나온 사람들은 입을 열었다 하면 "……같아요" 하는 것은 분명히 사회의 병리 현상이다. 언제부터 사람들은 이같이 감정이 고갈되었을까? 의사(意思)를 감추어버렸을까? 판단의 능력을 잃었을까? 이런 추세로 나간다면 "나는 잘 모르겠다"는 말이 범람할 듯하다.

"……알고 있다", "……같다", 이 두 말은 의지의 표현이 아니다. 긍정과 부정의 양면을 가지고 있기 때문에 애매모호한 것이다. 하나에서는 호도에 익숙해져 있는 각계각층의 책임 자상을 볼 수 있고 또 하나에는 변란의 소용돌이를 헤치고 나

꿈꾸는 자가 창조한다

온 민중들의 본능적인 호신책이 숨겨져 있음을 읽을 수 있다.

다음은 위와 아래의 간격이 점점 커져가는 호칭에 대하여 말하고자 한다. 동방예의지국이어서 그랬는지 옛적부터 이 나라에는 호칭이 무척이나 복잡하고 다양했던 듯하다.

우물 안의 개구리인 내 처지에서는 남의 사정을 잘 안다고 할 수는 없지만 관직명이나 공직명 밖에 "미스터", "무슈" 뭐, 그런 정도의 호칭으로 통하는 서구 사회, 일본의 경우는 대체로 "상", "사마" 정도로서 과거에 좀 많았던 호칭이 줄어든 모양인데, "상"은 상하 구별 없이 거의 다 붙여주는 관례어로서 우리말 "씨"에 견주면 좀 부드럽게 허물없이 쓰이는 듯하다. "사마"는 "상"보다 훨씬 존중하는, 우리말로는 "님"에 해당하나 흔히 쓰지는 않고 편지봉투에나 가족, 친척 사이에, 그것도 일부에서만 사용되는 것 같다. 수상이라고 해서 "나까소네 사마", "슈쇼 사마" 하는 표현을 본 일이 없으니 그런 말이 통용되지 않으리라는 짐작은 할 수가 있다.

옛날 우리나라에서는 관직에 있는 사람이나 양반들에게 "나으리"니 "영감"이니 "대감"이니 하며 경의를 표했으나 서민이 수령 방백을 "나으리", "님" 없이 "사또" 하고 불러도 결례가 되지는 않았다. 요즘은 장관에서부터 쥐꼬리만 한 직책을 지닌 사람까지 공·사직을 막론하고 직함 밑에 꼬박꼬박 "님"이 붙는다. 기자님, 아나운서님, 기사님……, 더 좋은 말이 없어 못 붙일 지경이다. 그뿐일까? 세상에 사모님은 또 어찌 그리 많을까. 치고받고 "이 새끼, 저 새끼" 하는 친구 사이에도 상대방 마누라에 대하여 "사모님!" 남편 직책의 고하를 막론하고 서로 사모님이라 부르는 여자들, 도대체 제자 없는 스승이 어디 있으며 스승 없는 사모님이 어디 있을까? "부인"이면 더도 덜도 아니고 점잖은데, 모자라고 더함은 다 같이 웃음거리밖에 안 된다.

옛날 노래에 "농부님네" 하는 말이 있었지만 지금은 "농부님", "여공님", "청소부님", "집배원님"까지는 이르지 못하였고—어쨌거나 번거롭고 약간 우스꽝스런 것이 탈이지, 존칭이란 감정적으로 서로 나쁠 것이 없겠으나, 다만 높아져가는 호칭과는 반비례로 일반인들의 호칭이 낮아져가고 있는 데에 문제가 있다. 직함보다 사람이 천하다는 것일까? 직함 밑에 "님"자 붙는 이들과는 달리 일반인은 누구일까? 택시를 탔을 때, 상점에 물건을 사러 갔을 때, 곳곳에서 일반인들은 "손님" 아닌 "아줌마", "아저씨", "할머니", "언니"로 불린다. 단일민족이라 거슬러서 올라가면 친척 안 될 사람이 없겠으니 "모두 일가친척처럼 정답게 지내자", 그런 저의가 있다고는 결코 생각할 수 없다. 그런 마음가짐으로 호칭하는 사람은 없을 것이기 때문이다.

과거에는 일반화되어 흔하게 "님"이 붙은 "손님"으로 불리었건만 "아줌마", "언니!" 언사가 소홀해진 것만은 틀림이 없다. 더욱이 "아줌마"란 혀 짧은 아이들의 응석 섞인 말투로서 성인이 되어서도 그 말을 쓰는 것은 일종의 퇴영 현상이다. 그리고 친근할 수 없는 초면인데 무관하게 말함은 버릇없는

128   꿈꾸는 자가 창조한다

축에 들 것이다. 지방에 가서 그곳 주민들과 접촉하는 탤런트, 코미디언, 가수들이 그도 남자일 경우에 "아줌마, 아줌마" 할 때는 정말 징그럽다. 최소한 "아주머니"라 할 수는 없는 것일까? 그뿐인가? 텔레비전, 세탁기 따위를 앞세워 지방민을 대하는 무슨 퀴즈 프로그램 진행하는 남자가 여자들을 향해 서슴없이 "아낙네, 아낙"들이라 하는 말을 들은 적이 있다. 삼인칭이면 모를까, 면대하여 아낙이라곤 주종 간이나 집안 어른도 좀체로 할 수 없는 말이다. 기죽이려고 일부러 거칠게 다루는지 알 수 없으나.

아무튼 요즘도 그러는지 모르겠는데 백화점 문간에서 나는 놀란 일이 있었다. 제복 입은 남녀가 도열하여 나가는 사람, 들어오는 사람에게 구십 도로 허리를 꺾으면서 일제히 "어서 오십시오!", "안녕히 가십시오!" 소리를 질러대는데, 기분이 좋기는커녕 "물건 안 사가면 혼내줄 테다." 하며 협박이라도 하는 듯하여 당황했었다. 일본서 도입한 상술인지 모르지만, 판매 경쟁이 전쟁과도 같이 살벌하여 거의 은둔 생활에 가까운 내 안방에까지 이런 위협이 울리는 듯하다. 기왕에 일본의 것이라면 모조리 모범으로 들여다 놓는 판국이라면 혹시 빠뜨린 것이나 없는지 한번 뒤돌아봄직도 하다. 하기는 대부분의 소비자보다 상인들이 부자인 것만은 사실이요, 손님 대접을 받으려면 노점의 나물 파는 노인네한테나 가야지.

다시 호칭 얘긴데, "아줌마"는 일본말로 "오바상"으로 역시 애들이 쓰는 말이다. "언니"는 "네애상"으로 주로 건달 사회

하층에서 혈연이 아닌 젊은 여자에게 쓰는 호칭이다. 그러니까 자(姊)가 아닌 저(姐) 자의 "네애상"이다. 그리고 "아주머니"는 점잖지만 일본말로 거기에 가까운 것은 "오바상(小母)"인데, 혈연 아닌 사람, 그리고 초라한 중년 이후의 여성을 가리키는 말이다. 어쨌거나 모두 스스럼없이 쓰는 말로서 대접을 해주는 말은 아니다. 그래서 일본의 상혼은 한 푼이라도 이득을 주는 사람, 줄 수 있는 사람이면 "손님"으로 호칭한다. 어째서 상혼이 발발(勃發)한 우리 상인들은 그 모범의 상술을 빠뜨렸을까.

오늘 이 땅에 피해의식 없이 사는 사람들이 과연 얼마나 될지 궁금하다. 피해만 없다면 그깟 호칭쯤이야 어쩌하랴. 체념하고 달관하고 사는데 내부에서는 끊임없이 피해의식이 일렁이고 있다. 얼핏 보기엔 직함만 선명하고 나머지는 개성을 죽인 사람들이 정신적으로나 물질적으로나 둥지 잃은 새처럼 우왕좌왕하여 교회나 성당이나 절은 늘 붐빈다. 그 사람들은 무엇을 보장받으려 할까? 양심을? 약자의 가느다란 새끼줄을? 직함만 더 선명해지고 사람은 없어져 가는 성싶다. 위축된 영혼들이 마치 이산가족처럼 이 구석 저 구석에 쑤셔 박아놓은 것처럼, 서로가 서로를 소홀히 하면서 적의를 품고 눈만 날카롭게 희번덕이면서, "너를 밟아야 내가 올라가겠다" 국민학교부터 골수에 박아넣는 것은 바로 그것이다. 미래가 없는 찰나의 승부는 끝이 없다. 지력은 짜낼 만큼 짜내어 오늘 수확을 하면 만신창이가 되는 땅, 강산이 울부짖어도 "그

꿈꾸는 자가 창조한다

것은 명년의, 후명년의 혹은 십 년 후의 문제가 아니냐?" 농부들은 근심 걱정 없는 양 땅 위 얘기는 일체 하려 하지 않는다. 해보아야 "그런 것 같다" "같다"는 말조차 어정쩡하게 할 것이다.

어떤 이에게 나는 반문한 적이 있었다.

"잘 산다는 것은 어떤 것이오?"

"사람답게 사는 것이 잘 사는 거요? 아니면 언덕길을 숨 가쁘게 올라가는 기차처럼 끊임없이 돈을 향해 뛰는 사람이 잘 사는 거요?"

"뭐, 어렵게 생각할 것 없어요. 보리밥 먹던 옛날 생각만 하시오."

사람이란 빵만으론 살 수 없다. 자신을 인식하고 살지 못한다면 그 자신의 인생이 없는 것이다. 의사부재(意思不在)의 "같다"는 말이 만연되면 그 사회는 침묵의 늪이 되고, 손님 대접을 못 받더라도 돈만 찾아서 뛰기만 한다면 종내엔 인간이 노예나 인간기계가 될 수밖에 없을 것이다.

(1985. 1.)

꿈꾸는 자가 창조한다

초판 1쇄 인쇄 2025년 1월 21일
초판 1쇄 발행 2025년 2월 6일

지은이 박경리
펴낸이 김선식

부사장 김은영
콘텐츠사업2본부장 박현미
콘텐츠사업6팀장 임경섭 **콘텐츠사업6팀** 정지혜, 곽수빈, 조용우, 이한민, 이현진
마케팅1팀 박태준, 권오권, 오서영, 문서희
미디어홍보본부장 정명찬 **브랜드관리팀** 오수미, 서가을, 김은지, 이소영, 박장미, 박주현
뉴미디어팀 김민정, 정세림, 고나연, 변승주, 홍수경
영상홍보팀 이수인, 염아라, 석찬미, 김혜원, 이지연
편집관리팀 조세현, 김호주, 백설희 **저작권팀** 성민경, 이슬, 윤제희
재무관리팀 하미선, 임혜정, 이슬기, 김주영, 오지수
인사총무팀 강미숙, 이정환, 김혜진, 황종원
제작관리팀 이소현, 김소영, 김진경, 최완규, 이지우, 박예찬
물류관리팀 김형기, 김선진, 주정훈, 양문현, 채원석, 박재연, 이준희, 이민운

펴낸곳 다산북스 **출판등록** 2005년 12월 23일 제313-2005-00277호
주소 경기도 파주시 회동길 490
전화 02-704-1724 **팩스** 02-703-2219
이메일 dasanbooks@dasanbooks.com
홈페이지 www.dasan.group **블로그** blog.naver.com/dasan_books
용지 스마일몬스터피앤엠 **인쇄 및 제본** (주)상지사피앤비 **코팅 및 후가공** 제이오엘앤피

ISBN 979-11-306-6306-7 (03810)